薄赤く染まったそこはぷっくりと膨れて指が触れた瞬間、
身体中に電流が走った。まるでスイッチを入れられたみたいだ。
「や……んんっ」
夏樹は指の腹を使って赤い凝りをコリコリと揉みほぐし、
ときおりキュッと捻るように摘む。

完璧御曹司は秘書をイチャ甘溺愛したい

～草食系幼馴染みは絶倫でした!?～

水城のあ

Vanilla文庫Miel

完璧御曹司は秘書を甘イチャ溺愛したい

草食系幼馴染みは絶倫でした!?

Contents

イラスト／カトーナオ

プロローグ

「ね、のんちゃん！　一生のお願い‼」

待山望海《まちやまのぞみ》は、目の前で拝むように手を合わせて頭を下げる幼馴染み《おさななじ》、新川夏樹《しんかわなつき》にうんざりして顔を顰《しか》めた。

「もう、それ何度目だと思ってるの？　夏樹の一生のお願いは聞き飽きたから！」

「今度のはホントの本気の一生のお願いだから！　こんなことのんちゃんにしか頼めないんだ」

夏樹はそう言いながら上目遣いで懇願するように見つめてくる。

「……」

艶のある黒目がちな瞳で見つめられてしまうと、それが夏樹のいつもの手口だとわかっているのに口を開いてしまいそうになり、望海はグッと息を呑《の》み込《こ》んだ。そうしないと、うっかり承諾の返事をしてしまいそうだったからだ。

夏樹とはもう二十年以上の腐れ縁で、幼稚園の頃からのんちゃん、なっちゃんと呼び合うほど仲がいい。

男女という性別の違いはあるが、幼稚園の頃の夏樹は女の子と間違われるほど可愛《かわい》らしい顔をしていたから、一緒にいることに抵抗はなかった。

成長するにつれてその顔にアイドルのような華やかさが加わり、二十六歳になった今は美青年と呼ぶのが相応《ふさわ》しい綺麗《きれい》な顔立ちになっていた。

昔も今も女の子に人気があるご町内のアイドルで、みんなその顔立ちに騙《だま》されて、夏樹の思い通りにならないことなどなかっただろう。

本人もその顔の効果が十分わかっていてやっているのだから質《たち》が悪い。先ほどからその綺麗な顔でジッと見つめられて、見慣れているはずの望海でも胸がざわついて仕方がない。

二十年以上見てきて耐性がついていてもこうなのだから、彼に憧れる女性が多いのは仕方ないのかもしれなかった。

しかも長い付き合いだから、夏樹も頼られると放っておけない望海の性格を十分熟知していて、ことあるごとに一生のお願いと称して望海に無理難題を頼み込んでくるのだ。

さらにそのお願いは叶《かな》えたあとに望海がひどい目に遭うのまでがお約束なので、夏樹の一生のお願いは軽々しく聞いたりしたらダメなのだと嫌というほど理解している。

「ホントに本当に困ってるんだってば。僕にはのんちゃんしかいないって、わかってるでしょ」

小学生のときはこう言われると仕方ないと思って、夏樹の代わりにクラスの女子の告白を断ったら、翌日からいやがらせをされる羽目になった。

中学のときは料理部の女子にマフィンをプレゼントされ、甘いものが苦手な夏樹の代わりに望海がそれを食べた。

あのときは、

「夏樹くん、美味《おい》しかった？」

そう聞かれた夏樹が適当に美味しかったと言えばいいのに、

「のんちゃん、美味しかった？」

そう言って望海を見たからバレてしまったのだ。その子はその場で泣き出し、望海は次の日からクラスの女子に無視された。

高校のときは彼女のふりをさせられたこともあった。人気者の夏樹を見ようと他校からも女子がやってきて、模擬店で喫茶店をやっていた夏樹たちのクラスはちょっとした騒ぎになった。

確かあのときは夏樹が望海のクラスに切羽詰まった顔で駆け込んできた。

「のんちゃん、助けて！　なんかいっぱい集まってきちゃって。彼女がいるって言えばあの子たちも帰ると思うんだ。でも僕、うまく嘘《うそ》がつける自信がないから、のんちゃんが一緒に来てくれると嬉《うれ》しいんだけど」

てっきり隣で付き添っていればいいと思っていたのに、

「こちら、僕の彼女ののんちゃんです。ごめんね」

てへぺろ、とでも言う調子で紹介され、次の日からネットの学校専用の掲示板に悪口を書き込まれるようになった。しかも、当時の望海にはまめに連絡を取るいい感じだった男子がいたのに、夏樹の嘘のせいで付き合う前に振られてしまったのだ。

こんなふうに巻き込まれたことは数々あって、夏樹のお願いは最初から聞いてはいけないと身に染みている。

巻き込まれているのがことごとく女性関係というのが夏樹を体現していて、いっそ女性の目に触れないように隔離した方が平和なのではないかと思ってしまうこともあった。

「……と、とりあえず今は仕事中だから話はまたあとでね」

これ以上目を合わせないようにノートパソコンのディスプレイに視線を向けると、カウンター越しの真向かいに座った夏樹がふて腐れた声をあげた。

「仕事中って、今昼休みだろ。ちゃんと邪魔しない時間に来たし」

「そうよね。せっかく夏樹くんが来てるんだから、ふたりでランチでもしてきたら？　今日は内見の予約もないから出ていいわよ。なにかあったら電話するし」

背後から嬉しくない提案をしてきたのは、店の経理を担当している母の真理子《まりこ》だった。

望海の父は待山ハウジングという不動産仲介業を営んでおり、今望海が勤務している本店の他に、同じ区内に二軒の支店がある地元密着型の家族経営の店だ。

望海は主に家探しの相談や内見などの接客を担当しており、日によっては一日中お客様の案内で外出していることもある。

やはり一番忙しいのは土日で、休日に数件まとめて内見をしたいという申し込みは多い。反対に平日は比較的落ち着いていて、電話やネットからの問い合わせの対応を行うことが多く、移動の多い春先や転勤時期でなければ平日は他の社員が内見を担当してくれる。

二十数年来の付き合いで家族同然なので、夏樹がスケジュールを把握しているのは当然のことだった。

「ね、のんちゃん。これ見て。南小《みなみ》の近くに新しいカフェがオープンしたんだって。一緒に行こうよ」

夏樹が綺麗な笑みを浮かべてスマホの画面をこちらに向ける。

「はぁっ」

望海はわずかばかりの反抗も込めてわざと大きな溜息《ためいき》をつきながらも、渋々立ちあがった。

「……話聞くだけよ？　あとランチは夏樹の奢《おご》りだからね」

「もちろん！　だからのんちゃん好きなんだ」

「……っ」

夏樹がさらりと口にした〝好き〟という言葉に不覚にもドキリとしながら、表向きはなんでもない顔をしてバッグを手に取って店を出た。

南小はふたりが卒業した地元の公立小学校で店からも五分ほどの距離だったので、相談を聞く間もなく店に着いてしまう。幸い席が空いていてすぐに座ることができたので、ランチセットを注文すると、望海はテーブルの水をグッと飲み干した。

「さあ、話を聞こうじゃないの。言っておくけど、聞くだけよ？」

ここで甘い顔をすると調子に乗るので、しかつめらしい顔で念を押すのを忘れない。しかし夏樹はそんな顔も慣れっこなので、その程度で怯《ひる》む様子もなく口を開いた。

「ありがとう。こんな相談のんちゃんにしかできないから」

そう前置きをして夏樹が語ったのは、いつもの女性関係のお願いとはまったく違うものだった。

「実は僕、今度取締役に就任することになったんだ」

「え？」

夏樹は老舗玩具メーカー『トレジャートイ』の跡継ぎ息子で、これまでは製造工場も含めて勉強のためにあちこちの部門で修業をしていたはずだ。だとすれば取締役就任は今までの頑張りを認められてのことだろう。

「それって……おめでたいことなんだよね？」

「まあね。そのために色んなところを回って仕事を覚えてきたわけだし」

その割に嬉しそうな顔に見えないのが理解できず、望海はわずかに首を傾《かし》げた。

夏樹が会社を継ぎたくないというのならその曇った表情も理解できるが、彼はどちらかと言えば会社を継ぐことに積極的で、大学の頃は会社に入ったらああしてみたいとかこういうことはできないだろうかと、将来の話を聞かされたこともある。

となると、それ以外のなにが夏樹にこんな表情をさせているのだろう。

「その割には嬉しそうな顔じゃないね。なにがあったの？」

「実はさ……僕が取締役になるのをよく思ってない役員もいるみたいでさ」

「よくわかんないけど、そういうのって他の役員の承認が必要なんでしょ。承認したのに不満を言うっておかしくない？」

「うちは祖父の代から続いている会社だけど、一族経営であることに不満を持っている役員も少なからずいるって聞いてる。今の役員はバブル末期に苦労して入社して、努力で上がってきた人ばかりだから実力主義なんだよ。僕みたいな若造が用意された席になんの努力もなく収まるのが気に入らないんじゃないかな」

そう言うと、夏樹は小さく肩を竦《すく》めた。

「つまり、反対派がいるってこと?」

夏樹は肯定も否定もせず曖昧な笑みを浮かべる。

「その考えは秘書室にも広がっているみたいで、取締役になったとしても、多分僕の味方はひとりもいないんじゃないかな」

「そんな、でも」

「お待たせしました!」

望海が口を開きかけたとき、二十歳前後の可愛らしい女性スタッフが料理を運んできた。日替わりランチプレートのハンバーグだ。

「ほら、来たよ。食べよう」

夏樹はそう言ってフォークとナイフを手に取ったが、望海はすぐにそれを真似《まね》る気にならなかった。ハンバーグは好物だし、その上にのったとろりととろけたチーズもいつもなら食欲をそそるはずなのに、話が中途半端すぎてその気になれない。

夏樹はすぐに望海に頼ってくるし、男として少し心許《こころもと》なく感じる部分もあるけれど、学生の頃から会社の将来を考えて勉強をしていたことを知っている。

彼はただのボンボンとか世に言う親の言いなりで入社したダメ御曹司とは違い、たくさんの社員を背負って会社をよくしていこうと覚悟を決めている人だ。そんな夏樹を阻害しようとする人がいるなんて、許せなかった。

それなのに夏樹はそんなことより食事の方が大事という顔でフォークを口に運んでいて、なんだかもどかしくなる。

規模は違うが望海も父親の経営する会社で働いているし、社員や取引先からは社長のお嬢さんと扱われることも少なくない。

望海自身もそういう目で見られないよう、仕事とは真摯《しんし》に向き合うよう人一倍努力しているから、夏樹に共感してしまうのだろう。

「ほら、冷めちゃうよ？」

もう一度促されて、望海も仕方なくナイフとフォークを手に取った。

ハンバーグの上のチーズはすっかり溶けて流れ落ち、皿の上で固まり始めていたけれど味は美味しい。

一口食べて急に空腹を感じて次々と料理を口に運んでいると、夏樹が思い出したように言った。

「そういえば、のんちゃんお見合いするってホント？」

家族しか知らないことを突然話題にされ、驚いてハンバーグが喉に詰まる。

「ごほっ……んぅ……！」

噎《む》せ返《かえ》りながら慌てて水で流し込んだ。

「な、なんでそんなこと知ってるのよ」

望海もほんの数日前に父から話を聞いただけで、なにも決まってないような話なのだ。すると夏樹はあっさりと言った。

「海里《かいり》くんから聞いたに決まってるだろ」

「あ！　あいつ……余計なことを」

海里は望海の三歳下の弟で、この春から大手不動産会社に就職したばかりだ。将来的には待山ハウジングを継ぐつもりらしいが、その前に夏樹を真似て外の世界で勉強すると豪語していた。

ふたりがSNSで連絡を取っているのは知っていたが、あまり余計なことを話さないよう海里に釘《くぎ》を刺しておいた方がいいかもしれない。いくら幼馴染み相手だとしても、社会人として不確かな情報を外に出すのはタブーだ。

「それで、するの？　お見合い」

夏樹の皿はいつの間にか綺麗になっていて、ゆっくりとカトラリーをお皿の上に揃《そろ》えた。

「別に……いつものお父さんが社交辞令で持ちかけられるやつだから、そのうちうやむやになると思うけど」

「でも今回の相手は地元の建設業者の息子なんでしょ。それだったからおじさんも簡単に断れないいんじゃないかな」

「海里ってば、そんなことまで話したの？」

「まあね。僕と海里くんは仲がいいから」

夏樹はひとりっ子だから、海里を弟のように思っているのだろう。望海にとっては夏樹も弟のようなものだから、そう感じる気持ちがわかるような気がした。

「やだな……のんちゃんが結婚したら今までみたいに気軽に遊びに行ったり、困ったときに相談に乗ってもらったりできないし」

夏樹がポツリと呟《つぶや》いた。その頼りなさげで不安そうな口調が、さらに弟みを増すのだと思いながら微笑《ほほえ》んだ。

「なんで？　彼氏ができようが、結婚しようが、私たちが幼馴染みで友だちなのは変わらないでしょ」

「そうかな。だって奥さんが他の男の相談に乗ってるなんて、旦那としてはいい気はしないでしょ。それにのんちゃんだって、大切な人ができたら僕のことなんてどうでもよく……」

「そんなわけないでしょ！　大事な幼馴染みに文句を言う人なんてこっちから願い下げ！」

「のんちゃん！」

捨てられた子犬のようにうなだれた姿が可哀想《かわいそう》で衝動的に口にしたけれど、曇っていた夏樹の顔が、日に照らされたようにパッと明るくなった。

「今までだって何度か話が来たことはあるけど、実際にお見合いをしたことなんてないじゃない。そもそも私の結婚のことより自分の心配しなさいよ」

夏樹はひとり息子だし、トレジャートイは今のところ彼が三代目になる家族経営の会社なのだから、遠からず結婚とか跡継ぎの話が本格的になるのは夏樹の方だ。

「相談の続きは？　常務取締役に就任する報告だったら、わざわざ店《うち》まで来る必要なんてなかったでしょ。ほら、聞いてあげるから言いなさいよ。店が暇っていってもいつまでもお母さんひとりで留守番させとくわけにいかないんだから」

望海は運ばれてきたばかりのコーヒーに口をつけてから、慌てて言葉を付け足した。

「あ、言っておくけど、聞くだけだからね？」

念を押された夏樹が苦笑いを浮かべながら口を開く。

「僕のことをよく思っていない役員や社員がいるって話の続きだけど」

「うん」

「のんちゃんに僕の味方になって欲しいんだ」

「……どういうこと？」

それは愚痴を聞いて欲しいとか励まして欲しいということだろうか。

「のんちゃんに僕の秘書になって欲しいんだ」

「……は？」

「うちの会社に入社して、僕の仕事を手伝って欲しいんだよ」

いいアイディアでしょ！　と言いたげな口調に一瞬頷《うなず》いてしまいそうになったが、普通に考えてすぐにそんなことができるはずがない。

「いやいや、おかしいでしょ。うちの会社とは全然業種が違うし、秘書の勉強なんてしたことないもの。そもそも私、一応ちゃんとした会社員なんだけど⁉」

動揺して思わず捲《まく》し立《た》ててしまったが、間違ったことは口にしていない。今までの女性関係の相談事とは違うようだが、それ以上にやっかいだ。

「いくら夏樹のお願いでも、無理だってわかるでしょ？」

「じゃあのんちゃんは僕が社内で孤立してもいいと思ってるんだ」

「そんなわけ……」

「ひとりぼっちで、虐《いじ》められて、もしかしてそのせいで鬱《うつ》になっちゃったりして、出社拒否になったとしてもいいんだ」

「……」

夏樹に限ってそんなことはないと断言できるが、お得意の捨てられた子犬のような目で見つめられると、こちらが悪いことをしているような気持ちになってしまうのだ。

それがいつもの夏樹の手だとわかっている。だからこそ今日は夏樹のお願いを聞かないと決意してきたはずだった。

「だって……そんな簡単に決められないし。そもそも秘書なんて、そんなに簡単になれるわけないじゃない」

「そのことなら大丈夫。サポートにベテランの秘書もつけるし、のんちゃんにはそばで励まして欲しいんだ」

「それならわざわざ秘書にならなくてもいいでしょ。いつだって夏樹の話は聞くし、応援するよ?」

不安な気持ちはわかるけれど、子どもの頃とは違うのだ。女の子に囲まれて困っていたときのように職場にまでついて行ってやることはできない。

「大丈夫！　ちゃんとプロの秘書さんがお世話してくれるよ。今まで夏樹に冷たかった女の子なんていないでしょ」

「のんちゃん……」

しゅんと俯《うつむ》いた夏樹は打《う》ち萎《しお》れた花のようだ。胸の奥がキリキリと痛むけれどここでお願いを聞いてしまったらいつもと一緒だ。

「愚痴ならいつでも聞くから頑張りなさい！　さ、私そろそろ戻らないと‼」

すっかりぬるくなったコーヒーを飲み干すと、望海はそのまま無理矢理《むりやり》話を終わりにしてしまった。

1

――二ヶ月後。望海は真新しいグレイのスーツに身を包み、玩具メーカー『トレジャートイ』の秘書室に立っていた。

これまではパンツスーツ一辺倒だったが、夏樹のアドバイスで膝下丈のタイトスカートにジャケット、インナーもシフォン素材のブラウスシャツという、今までの望海を知っている人ならどうしたのかと驚かれそうなエレガントな服装だ。

メイクもアイライナーやマスカラまでバッチリのフルメイクがマストで、朝の支度がいつもの倍かかった。

正直着慣れない服装に抵抗はあるけれど、夏樹を助けるために入社したのだから仕方がない。下手に周りと違う服装をして目立ったり、反感を買うわけにはいかなかった。

「紹介します。今日から秘書室に配属になった待山望海さんです」

秘書室長の佐伯《さえき》の言葉に、望海は伸ばしていたはずの背筋をさらにピンとさせた。

佐伯は四十代半ばぐらいの男性で、夏樹の話では望海が新川家の口利きで入社した事情を知っている数少ない人だそうだ。

「じゃあ待山さん、自己紹介を」

望海は頷いて口を開いた。

「待山望海です。どうぞよろしくお願いします」

一度大きく頭を下げて部屋の中を見回した。望海と同じ二十代半ばから三十代ぐらいが多く、やはり女性社員が多かった。

夏樹が、中途採用で秘書室配属は珍しいからしばらくは注目されるかもしれないと言っていたが、確かに物珍しそうに見つめる視線が痛い。

「前職は不動産仲介業で働いていました。わからないことが多くご迷惑をおかけしますが、よろしくご指導ください」

望海がもう一度頭を下げると、パラパラと拍手が返ってきた。

「待山さんにはしばらくは村井《むらい》さんについてもらって業務を覚えてもらいますが、慣れてきたら村井さんと交代して常務取締役についてもらうつもりです」

佐伯の言葉のあとに、望海より少し年上の女性が一歩前に出て頭を下げた。

「村井です。よろしくお願いします」

「こちらこそ、お世話になります」

望海がもう一度頭を下げると紹介は終わりで、佐伯がいくつか業務連絡を伝えて朝礼は解散となった。皆がパラパラと席に戻っていくのを見て、望海は小さく溜息をつき緊張を解いた。

とりあえずなんとか第一関門を乗り越えてホッとしたけれど、今までの人生の中で、これほど夏樹のお願いを聞き入れてしまった自分自身を反省したことはない。

ランチのときさっぱりと断ったあと、夏樹は意外にもあっさりと引き下がった。最初は断れたことにホッとしたのだが、なにも言ってこなかった夏樹が逆に心配になってしまって、数日後に自分から連絡してしまった。

「その後、仕事の方はどうなの？」

『まあ……なんとかね』

電話越しにそう答えた夏樹の声に力はない。その声を聞いたらいてもたってもいられなくなり、会社での状況をあれこれ聞き出してしまった。

夏樹の話によると、フロアで他の役員に挨拶をしてもなおざりな返事か無視をされているとか、役員会で発言をしても一蹴されてしまうとか、子どものイジメみたいだった。

しかも秘書たちも自分の担当役員の意思に従っていて、夏樹とは一定の距離を置く態度なので仕事がしにくいことこの上ないらしい。

『でも、仕方ないよね。現役員の人からしたら社長の息子っていうだけで二十代で取締役の席に座られたら、自分たちの今までの努力はなんだったんだって思うものだろうし』

沈んだ夏樹の声を聞いているうちに我慢できなくなって、結局望海の方から夏樹の手伝いをすると申し出てしまった。

『のんちゃん！　だからのんちゃんのこと好きなんだ‼』

ぱっと喜色を帯びた声にまた夏樹のお願いを聞き入れてしまった自分の不甲斐《ふがい》なさを後悔したけれど、最終的に決めたのは自分だ。

これからも何度も後悔することは間違いないが、一度聞き入れた以上、夏樹を責めるつもりはなかった。

「待山さん、さっそくですが色々業務の説明をしていくのであちらへ」

案内されたのはパーティションで区切られた打ち合わせスペースで、すぐに出て行った村井がペーパーカップに入ったコーヒーを手に戻ってきた。

「コーヒー大丈夫？　苦手なら緑茶もあるけど」

「あ、大丈夫です。ありがとうございます」

先ほど紹介されたときよりも気さくな空気に少しホッとする。秘書課などというアウェーな環境で、失敗したらどうしようかと実はメチャクチャ緊張していたのだ。

そもそも就職していたといっても、人によっては実家の手伝い程度に思う人もいるような家族経営の不動産屋だし、本当の意味で社会の波に揉《も》まれていたかというと自信がない。

トレジャートイに転職することに決めたあと、ある意味夏樹よりも甘えた環境で過ごしてきた自分が心配になってしまったのだ。

夏樹は資格など必要ないからただ来て欲しいと言ったけれど、一念発起《いちねんほっき》とまでは言わないが入社準備のために秘書業務の実務短期講習をいくつか受講した。

秘書検定という資格試験を受けておいた方が誰の目から見ても文句がつけられないのかもしれないが、試験の時期や準備期間を考えると実務講習を受ける方が現実的だった。

秘書の実務は電話応対から始まりスケジューリング、プライベートの対応まで様々で、講習で実務を想定して教えてもらえたのはありがたかった。

「じゃあ改めて、村井優香里《ゆかり》です。室長と新川常務取締役にあなたのサポートをするように言われているので、わからないことや困ったことがあったらいつでも相談してください」

「よろしくお願いします」

そう言ったものの、夏樹の手伝いをしに来た自分にサポート役がつくなんておかしな話だ。その労力を夏樹のために割いてくれた方が効率的ではないかと思ってしまうが、教えてもらう立場でそんなことは言えなかった。

「待山さんと新川常務は幼馴染みなんですってね」

「はい。幼稚園から大学までっていう腐れ縁で」

「あら、究極の幼馴染みね。でも社内ではふたりが幼馴染みであることは伏せてあるので注意してね」

「はい」

その話は夏樹からも聞かされている。

あまり夏樹に近しい人間だと反感を強める可能性があるので、社長である夏樹の父が取引先からスカウトしてきたということになっているらしい。

「前職でとても優秀で、社長がどうしてもって常務の秘書に引っぱってきたという話になっているから、しばらくは社内で注目されると思うけど」

「……ははは」

できれば否定して歩きたいところだが、そういうわけにもいかず望海は引きつった笑いを浮かべてしまった。

「そういえば、村井さんは反対派じゃないんですね」

秘書室はもっと堅い雰囲気だと思っていた望海は、思わずそう口にした。

「え？」

「だって、夏樹が……いえ、新川さんが取締役になるのをよく思っていない人もいるって聞いていたので……」

パーティションで区切られているとはいえオープンスペースで口にすることではなかったかもしれないと、望海は声のトーンを落とした
「ああ、そういうこと。でも反対派なんて、どこにでもいるんじゃない？　百人いて百人が賛成なんて、逆に怖いわよ」

村井がふふふっと笑った。その余裕のある雰囲気が大人の女性という感じがして、うらやましくなる。

「それはそうですけど」

それでも夏樹の敵がいると思うと、やはり社内のひとりひとりを疑ってしまいそうだ。

「そんなに過敏に反応しなくても大丈夫。一部の頭のかたーいオジサンの中には色々口を出してくる人がいるかもしれないけれど、社長も会長もまだご健在で、表立って常務の足を引っぱろうとする人はいないわ」

表立ってでなければ、いるということだろうか。

「なにか気になることがあったら遠慮なく言ってね」

「はい。ありがとうございます」

「じゃあ常務が進めている仕事について説明するわね。今は取引先や製造工場の皆さんへの挨拶がメインなので、しばらくは外出に同行することが多くなると思います」

そういえば挨拶回りが多くて大変だとぼやいていたことを思い出す。挨拶回り自体はいいのだが、そのたびに結婚はしていないのかとか、決まった人はいるのかなど聞かれるらしく、そのうちお見合い話が押し寄せるのではないかと不安がっていたのだ。

「それと、新川常務は今アメリカのアニメグッズの販売権について交渉を進めています。これに関しては時差もあるのでメールでのやりとりが多いんだけど、午前中は電話がかかってくる可能性もあるので対応が必要になると思います。待山さん。英語は?」

「ええと、前職で外国籍の方の接客もしていたので日常会話程度なら。メールなら文章なのである程度対応できますが、難しいビジネスの会話の通訳まではちょっと」

「電話の取り次ぎができれば大丈夫よ。念のためにあとで電話応対の会話集をパソコンに送っておくので確認しておいてね。それから……」

そんなこんなで付け焼き刃での秘書生活が始まったのだが、当然一日二日で覚えられる仕事ではない。ルーティーンだけでもやることが多くて、一週間はあっという間に過ぎていった。

夏樹には申し訳ないが、誰が彼の敵で誰が味方なのか見極める余裕もなく、村井のあとをついて歩くのが精一杯だった。

前職も接客業だし、比較的人の名前と顔を覚えるのは得意だと思っていたが、一週間で夏樹と一緒に出掛けた場所や紹介された人の数が多すぎて、次回会ったときに顔と名前が一致するか心配なほどだった。

それに比べて夏樹の方は、一社員として修業時代に軽く挨拶を交わしただけの人もちゃんと覚えているらしく、こちらが心配する必要もないほどそつなく受け答えをしている。

しかも仕事中の夏樹は眼鏡をかけていて、初めて見たときは別人のようでドキリとしてしまった。

「なつ……」

夏樹――そう呼ぼうとしてハッとした。目が悪いなんて話は聞いたことがないし、なんならコンタクト使用じゃないとも自信を持って言える。それぐらいお互いのことを知っているつもりだった。

つまり夏樹の眼鏡は仕事としての顔とプライベートを分けるためのものなのだ。そうして自分を戒《いまし》めなければいけないほど、仕事では気を張っているのだろう。

望海の知っている「のんちゃーん」と言ってあとをついてくる夏樹とは雰囲気が違って、

緊張感が伝わってくる。

「のんちゃん、もう帰れる？」

望海がパソコンに向かって明日のスケジュールを確認していると扉が開いて、夏樹が顔を覗《のぞ》かせた。

役員の個室には秘書が作業するための前室があり、夏樹の担当秘書である望海は秘書室にも席があるものの、主に前室で仕事をすることが多かった。

村井が出入りすることもあるが、彼女は別の役員の秘書も担当していて本席はそちらにある。望海が独り立ちするまでは掛け持ちで夏樹の担当をしてくれているそうだ。

いつもの夏樹の調子にホッとしながらも、わざと眉間《みけん》に皺《しわ》を寄せて振り返った。

「こら。社内でのんちゃんって呼ばない約束でしょ」

「じゃあ、望海？」

夏樹が下の名前を呼ぶことは珍しいのでドキリとして、すぐに顔を顰めて睨《にら》みつけた。

「バカ。名前で呼んだら同じでしょ。社内では苗字《みょうじ》で呼ぶ！　間違えるって言うならこれからはプライベートでも苗字で呼んでくれてもいいのよ？」

「だって〜」

「それ！　語尾を伸ばさない！　大の男がみっともない！」

「のんちゃん冷たい……」

　夏樹がよよよ……と情けなく泣き崩れる仕草をしたところで前室の扉が開いて、村井が入ってきた。

「おふたり、本当に仲がいいんですね。でもあまり大きい声だと廊下を通る人に聞こえちゃいますよ」

「ほら！　社内ではちゃんとしてって言ってるでしょ！」

「大丈夫だよ。あちこち挨拶回りに行ったけど、一度も間違えなかっただろ」

「そういう慢心が一番危ないの。それでなくても夏樹は」

「ほら、望海だって夏樹って呼んだ」

「……っ！　と、とにかく社内ではちゃんとしてください。新川常務！」

　ふたりのやりとりを聞いていた村井が、またクスクスと笑った。

「待山さん、一週間お疲れさまでした。久我《くが》専務の担当もしているからつきっきりで教えてあげられなくて申し訳なかったけど、週末はゆっくり休んでくださいね」

　優しい声かけに、怒濤《どとう》のようだった一週間を改めて思い返した。

「こちらこそありがとうございました。質問ばかり多くて、ご迷惑をおかけしました」

「いいのよ。私は教育担当として当然のことをしているだけだから。それに待山さんは一度教えたことはきちんとこなしてくれるし、わからないことを聞くのは恥ずかしいことじゃないのよ」

神対応とはこのことで、望海はこの人がいなかったら一日も乗り切れなかったと改めて感謝した。

「じゃあ、また来週。新川常務、私はお先に失礼させていただきます」

「ああ、お疲れさまでした」

取締役らしく鷹揚《おうよう》に返事をする夏樹を見て、なんだかおかしくなってしまった。

いつも頼ってくる夏樹しか知らなかったけれど、彼もちゃんと社会人として経験を重ねてきたのだ。改めて成長した幼馴染みを心の中で褒めたときだった。

「ねえねえのんちゃん、ごはん食べにいこうよ」

「……」

すぐにいつもの調子に戻ったのを聞き、がっかりしながら口を噤《つぐ》む。するとのんちゃん呼びでは反応してもらえないと思ったのか言い方を変える。

「望海～？　お腹空《なか》かない？　会社の近くに美味しい洋食屋さんがあるんだ。ハンバーグステーキが美味しいよ」

「……」

「もう、面倒くさいな……待山さん、帰りに食事に行きませんか？　ちなみに一週間お疲れさまという僕からのねぎらいなので、一緒に行っていただけると超々嬉しいんですが」

下手に言い直した割に、最後はやはりいつもの夏樹だった。

「ね、いいでしょ。帰りにちゃんとマンションまで送るからさ～のんちゃん～」

「もう、結局元に戻ってるじゃない」

望海は溜息をつきながらパソコンを閉じた。

「私、明日は内覧の手伝いをするつもりだから、今夜は実家に帰るのよ。それに夏樹のおかげですっごーく疲れてるし、早くお風呂に入って自分のベッドで寝たいなって」

トレジャートイに勤務することが決まって、両親の勧めもあり会社の近くに部屋を借りることにした。幸い家賃補助もあり負担が少ないこともあって、二十六歳にして初めて実家を出て一人暮らしをすることになったのだが、同じ都内だから週末はなるべく実家で過ごすつもりだった。

そもそも二十六年間下町の実家暮らしだった身には、都内の小洒落《こじゃれ》た一人暮らし用のマンションは落ち着かない。

両親にはウイークデーに働いているのだから週末に店を手伝う必要はないと言われていたが、実家に帰る口実にも店の手伝いは丁度よかった。

それに今まで週末はほとんど家業中心で過ごしていたから、突然ひとりで休みを過ごせと言われてもすることがないと思ったのだ。

大学の友人に連絡をすればランチぐらい気軽に付き合ってもらえそうだが、仕事を始めたばかりでそこまでの気力がないので、実家の手伝いをするぐらいが丁度いい休日の過ごし方だった。

「せっかくのんちゃんの新しい部屋を見せてもらおうと思ってたのに」

「嫌よ。まだ誰も遊びに来たことないんだから、一番初めに部屋に入る男の人が夏樹になっちゃう」

「……」

からかったつもりだったが、黙り込んでしまった夏樹に戸惑ってしまう。

「じょ、冗談でしょ。そんなにマジに取らないでよ。どっちにしてもまだベッドとクローゼット周りぐらいしか片付けてないから、遊びに来たとしてもなんのおもてなしもできないの」

「じゃあ片付けたら呼んでくれる？」

「……片付けたらね」

夏樹は弟と一緒で家族のようなものだから、警戒するのも可哀想で頷いた。

「じゃあさ、今日はのんちゃんちの近くにしよう。それならいいだろ。すぐに帰れるし」

「もぉ……本当にちょっとだけだからね？」

もったいつけて言ったのに、夏樹は嬉しそうだ。

こんなに邪険にされても尻尾を振ってついてくるなんて、犬みたいだなぁといつも思ってしまう。そう、チワワとかトイプードルとか小型犬で、可愛い犬にじゃれつかれると誰だって邪険にできないだろう。

結局一緒に会社を出て、夏樹が通勤に使っている車で地元へ向かうことになった。

「ていうかさ、飲みに行くのに車って、実家《うち》に泊まる気満々じゃん」

「自分の実家に帰ってもいいけど、祖父《じい》さんとかがうるさいから、泊めてくれると嬉しい」

「仕方ないなぁ。でも、寝るなら海里の部屋にしてね。仕事で毎日顔を合わせてるんだから、寝るときぐらい夏樹と離れたいし」

「のんちゃん、冷たい……」

そんな軽口を叩《たた》きながら実家の前まで来ると、一度荷物を置くために家に立ち寄った。

「ただいま～夏樹も一緒だよ。これから外出るから、海里の部屋泊めてあげて」

そう言いながらリビングに入って行くと、丁度母と弟が夕食をとっているところだった。

「お父さんは？」

「ご近所さんで飲みに行くって。憲《けん》ちゃんのお店にいると思うけど」

憲ちゃんというのは望海と夏樹の同級生の増田《ますだ》憲太《けんた》のことで、近所で居酒屋を営んでいる。子どもの頃は彼の父親が同じ場所で書店を経営していたのだが、数年前に閉店し、居酒屋の店舗を含めたビルに建て替えられたのだ。

高校は別れてしまったが、中学までは一緒だったので地元に住む望海たちとは今も交流がある。

夏樹は社会人になったとき、独り立ちしろと家を出されているので会社のそばに住んでいるのだが、なんだかんだと理由をつけて遊びに来ていた。

トレジャートイはこの下町発祥の人気玩具メーカーとして知られていて、夏樹が大学まで過ごした家には今も彼の両親と祖父が住んでいるのだ。

今でこそ本社は臨海部再開発エリアに移転しているが、夏樹の祖父が戦後創業した下町の小さな玩具メーカーで、少しずつ現在の規模まで成長してきた。

夏樹が生まれた頃はもう日本を代表する玩具メーカーだったが、同じ幼稚園や小中高と公立の学校で席を並べていたせいか、彼が御曹司だという実感はなかった。

今回夏樹に頼み込まれるまでは、正直会社のあとを継ぐとか、将来社長になるなど意識していなかったぐらいだ。

「あら、夏樹くんが一緒なら言ってくれたらご飯作っておいたのに」

夏樹をもうひとりの息子のように可愛がっている母が立ちあがるのを見て、望海は慌てて言った。

「いいのいいの。外で食べるから、夏樹の奢りで。ちょっと荷物置きに来ただけだし」

望海の言い草に、母が顔を顰めた。

「またそういうことを。あんた夏樹くんの秘書なんでしょ？　もっと上司を大切にしないとダメじゃない」

「おばさん、気にしないで。僕はのんちゃんのそういうところが好きで一緒にいるんだから」

「そういうところって、どういうところよ？」

あまりいい意味に聞こえなくて夏樹を窺《うかが》ったけれど、彼は小さく肩を竦めただけだった。

「夏樹くん大変だね」

海里がボソリと呟いたけど、やっぱりなにか含みがあるように聞こえる。ふたりに馬鹿にされているような気がしてなんとなく気分が悪かった。

「そういえば、この前のお見合いの日程について打診があったわよ。あんた、土日が休みだろうからその辺りで都合がいい日を教えてくださいって」

「えっ⁉　それ無くなったんじゃないの？　だってその話来たのって二ヶ月、いやもう三ヶ月前でしょ」

「こちらが返事をしないでいたら、先方から催促があったみたいよ。会うだけでもっておっしゃっていて、なんだか乗り気みたいで」

「適当に断ってよ」

本人抜きで勝手にお見合いをセッティングされてはたまらない。すると黙って話を聞いていた夏樹が口を開いた。

「それ、もう断れないやつじゃないの？」

「……」

「おじさんがきっぱり断ってないってことは、そういう相手ってことだろ。いまさらのんちゃんが断ったら、少なからず待山ハウジングに影響があるんじゃないの」

夏樹の冷静な口調にハッとする。この一週間夏樹について歩いて、彼が何度もお見合いや結婚の話をされては、のらりくらりとはっきりした返事をしないところを見てきた。

きっと夏樹にも、はっきり断ることで不都合があるような話がいくつもあるのだろう。

「と、とにかくお父さんに私が断ってるって伝えといてよ。夏樹、行こ！」

都合の悪いことは後回し、とまでは言わないけれど、一週間頑張った最後に頭が痛くなるような問題を突きつけてくるのは勘弁して欲しかった。

　いつもなら先ほど母が話題にした憲ちゃんの店に行くのだが、なぜか夏樹が嫌がって、駅のそばのよくあるチェーンの居酒屋に入ることになった。

　別にチェーン店が嫌ではないが、せっかく地元商店街で幼馴染みが店をやっているのに、わざわざ他の店に行くのが理解できなかった。

「憲ちゃんの店の方がお料理美味しいのに」

　すでに料理のオーダーは終えていて、先に運ばれてきたハイボールに口をつけながらぼやいた。すると、ビールのジョッキを呷《あお》っていた夏樹が望海の顔をまじまじと見返した。

「あそこに行ったらおじさんたちがいてゆっくり話ができないだろ。のんちゃんが直接おじさんにお見合いを断りに行くって言うなら止めないけど」

　なに馬鹿なこと言ってるんだ、コイツ。とまでは言わなかったけれど、そういう口調だった。

「あ……そういえばお父さん憲ちゃんのところで飲んでるんだっけ」

「はぁ」

　夏樹がわざとらしく溜息をつく。

「のんちゃんさ、お見合いは断ったんじゃないの？」

「……そのつもりだったけど」

しかし思い返してみると、言葉ではっきり断った記憶はない。今までは打診をされても無視していたらそのまま話が立ち消えになっていたから、話が進んでいるはずがないと思っていたのだ。

となると、今回話が勝手に進んでしまっているのは、自分のせいではないと言い切れなくなってくる。

「うーん。はっきり断った記憶ない、かも？　まあどうしてもってなったら行くしかないよね」

望海は諦めてもう一度ハイボールのグラスに口をつけた。

先ほど夏樹が言っていたように、簡単に断れる相手ではないという可能性もある。とりあえず顔だけ出してあとからもう少し仕事がしたいとかなんとか言って断るか、案外そんな心配は杞憂《きゆう》で先方からあっさり断ってくるかもしれない。

「お見合いする日が来るなんて思わなかったけど、話のネタに一度ぐらい体験してもいいかもね」

望海が前向きな気持ちになったときだった。

「あのさ、のんちゃんって色々、浅はかだよね」

さっきまでの小馬鹿にする口調も腹が立ったが、今までになく冷ややかな夏樹らしくない声音に、望海は目を見開いた。

「……どういう意味？」

馬鹿にされているというより怒っている気がして、夏樹の顔色を窺った。

夏樹とは今まで大喧嘩《おおげんか》をしたことがない。夏樹のわがままや女性関係のいざこざに巻き込まれて望海が一方的に怒ることがあっても、すぐに夏樹が甘えて謝ってくるから喧嘩になりようがないのだ。

だから夏樹の方が怒っているなんて、長い付き合いでもほとんど経験がなかった。

「のんちゃんは、自分が男の視線を集めるタイプだって自覚した方がいいと思うけど」

「……は？」

「どんな馬鹿息子から見合いの話が来てるか知らないけど、ずっと地元で働いている待山ハウジングの看板娘だって知ってて申し込んできてるんだろ」

「まあね」

これまでにも何度かお見合いの話が来たが、取引先の息子という直接的なものから、是非知り合いに紹介したいなど、いわゆる地元の顔見知りの娘の結婚の世話をしてやろうというノリだ。

「今までそんなしがらみがあるような話はなかったんだけど、会うだけなら別に問題ないいんじゃない？」

「ていうかさ、自分の結婚のことなのにどうしてそんなに他人事なんだよ」

「だって……」

正直、夏樹の言うように自分が男性の視線を集めるタイプだとは思えない。

これまで彼氏がいた時期もあったが、深い付き合いになる前に別れたり、夏樹がそばにいたのもあり誤解されることも多かった。

デート中に電話がかかってきたり、先に夏樹との約束があってデートを断ったときは、ふたりの間になにかあるのではないかと疑われたこともある。

夏樹は弟と同じで家族のようなものだと説明はしたが、誤解されて一方的に別れを告げられるのは納得がいかずその不満を夏樹にぶつけると、

「のんちゃんを信用しない男なんて、最初からのんちゃんに合ってないんだよ。そんな男こっちからお断りでいいんだ」

と慰められて、確かにその通りだとも思った。

夏樹が甘えてきたり頼み事をしてくるときはウザいとか面倒くさいと思うこともあるけれど、こうして励ましてくれたり、憎めないところもあるのだ。それはきっと家族だから最終

的には許してしまう、そんな感じだろうか。

しかし女の子に追い回されて逃げてくる夏樹に、あれこれ男女関係について口を出されるのは心外だ。

「もう、しつこい。次からはちゃんと断るからこの話はおしまい。お酒がまずくなるじゃん」

どちらにしても今のところこの生活が気に入っているし、夏樹の秘書として働き始めたばかりで結婚のことなど考えられない。

これ以上は取り合うつもりはないという態度をしたら、夏樹がそれ以上追及してこなかったので、てっきり諦めたものだと思っていた。しかし店を出て家までの帰り道で再びその話を蒸し返してきた。

「さっき言い忘れたけど、僕はのんちゃんのお見合いには反対だからね」

すっかりシャッターが下りた商店街の中をふたり並んで歩きながら言った。

「もう、その話はいいって言ったでしょ」

今日はやけに食い下がってくる夏樹が少し面倒くさい。姉をとられる弟の気持ちだろうか。

「そもそも夏樹がどうしてお見合いに反対するのよ。会ってみたらすごくいい人で、結婚してもいいかなって思うかもしれないじゃん」

本気でそうは思っていないけれど、過干渉とも思える夏樹の言葉に反撃したつもりだった。

せっかくお酒を飲んで、しかも週末でお休みだ。

明日は店を手伝うといっても昼からだし、お酒も飲んだし気持ちよく眠れると思ったのに。せっかくの週末に水を差されたという気持ちが、望海をいつもより意地悪な気持ちにさせた。

「そもそも私が誰と付き合おうと、結婚しようと夏樹に口出す権利ない。あんたはただの幼馴染みでしょ」

「ふーん。のんちゃんってそんな女だったんだ」

なんだか見下すような口調にカチンとくる。夏樹に意見することはあっても、こんなふうに非難されたことはない。

夏樹が相手ならなにを言っても大丈夫という謎の信頼感があって、彼に対してポンポンと強い言葉を投げつけることはあるが、こんなにも苛立《いらだ》つ態度をされるのは初めてかもしれなかった。

なにがあっても夏樹だけは自分に冷たい態度を取るなんて想像したことがなかったので動揺して思わず強い口調で言い返してしまう。

「夏樹、うるさい！　あんたもう自分の家に帰りなよ！」

その場で立ち止まり、夏樹を睨みつけた。いつもの自分らしくないキツイ言葉だと思いながらもやめることができない。自分の鋭利な刃物のような言葉が静かな商店街に響くのを耳にして、泣きたい気分だった。

本当はこんなことを言いたいわけじゃない。ただお見合いの話なんて一緒に笑い飛ばして欲しかったのだ。

それなのに夏樹がしつこくそのことを話題にするから苛立ってしまう。

いつもならこんなところで言い合いをしたら近所迷惑になると理性が働くところだが、頭に血が上ってとっさにそんな気も回らなくなっていた。

お酒が入っているせいか、いつもより沸点が低いので口から出てきたのはさらに意地悪な言葉だった。

「そもそも夏樹が困るからそんなこと言うんでしょ。私が結婚したらいつもみたいに〝のんちゃん〜〟って泣きつけないから」

望海は叩きつけるように言い捨てると、夏樹に背を向けた。すると次の瞬間左手をギュッと強い力で摑《つか》まれ、気づくと追いかけてきた夏樹に引き寄せられていた。

「望海」

いつもと違う低い声で名前を呼ばれて心臓が跳ねた。ドクドクと脈打つ音が頭の中に響いてきて、立っているだけなのに息が苦しくなる。

普段なら簡単に振り払えるはずの手に自由を奪われて、急に怖くなって望海は無意識に背筋を震わせた。

「僕が困るってわかってて、どうしてそんな意地悪言うの。僕には望海がいないと困る。だからお見合いなんてしないで」

「……な、なによ。突然……」

街灯の明かりに照らされた表情は真剣で、いつもの冗談とか酔った勢いという顔には見えない。夏樹は今夜お酒をどれだけ飲んでいたっけ？　一瞬そんなことを考えたけれど、次の夏樹の言葉にかき消されてしまう。

「あのさ、望海は男と結婚するって、どういうことかわかってる？」

どうしてさっきからいつも呼ばない〝望海〟を連呼するんだろう。何度も呼ばれたことがあるけれど、こんなにも間近で見つめられながらというのは初めてだった。

「バ、バカにしないでよ。二十六歳にもなって知らないわけないでしょ！　一応彼氏だっていたし」

これ以上夏樹と見つめ合っていると心臓がどうにかなってしまいそうで、プイッと顔を背ける。強い力で腕を摑まれていたから、それぐらいしかできなかったのだ。

すると珍しく夏樹がバカにするように鼻を鳴らした。

「たいした付き合いしてないだろ。せいぜいキス？　止まりのくせに」

「……っ！」

悔しいけれど図星で、すぐに言い返す言葉が出てこない。

「男のことなんてろくに知らないのに、よく結婚なんて言えるね。やっぱり浅はかだよ」

「自分がモテるからってそんな言い方しなくてもいいでしょ！」

パッと夏樹と視線を合わせて睨みつける。やはり距離の近さに気持ちがザワついてしまい、夏樹の手を振り払おうとしたけれど、手首に食い込んだ指はびくともしない。それどころかさらに強く掴まれ、もう一方の手が二の腕を掴んだ。指が食い込む痛みに、望海が思わず顔を顰めたときだった。

「これ、僕のファーストキスだから」

「……え？」

そう聞き返した次の瞬間、夏樹が覆《おお》い被《かぶ》さるように顔を近づけてきた。

――キスされる。

頭の中でそんな思いが閃《ひらめ》いたときにはもうふたりの唇が触れあっていた。

「……っ」

少し冷たくて思っていたよりも柔らかな感触にギュッと目を瞑《つぶ》る。するとさらに強く唇を押しつけられて、気づくと夏樹の濡《ぬ》れた唇が望海のそれを覆っていた。

「ン……ぅ……」

背筋がぞわりとして、望海は無意識に小さな声を漏らす。キスをしてこんなふうに感じるのは初めてで、背筋の震えが指先にまで伝わってくる。

まるで夢でも見ているのか、それとも自分の妄想なのか、生々しい唇の感触のわりに現実で起きていることとは思えない。

しかし夏樹がキスをしてきたことに驚く反面で、どこかでいつかこんなことが起きるのではないかと恐れを抱いていたことに初めて気づいた。

「口、開けて？」

唇が触れあったまま夏樹が呟く。驚くほど甘い囁《ささや》きはあまりにも自然で当たり前に聞こえて、気づくと口腔《こうこう》に熱い舌を迎え入れていた。

「ふ……ぁ……ん……」

ぬるついた舌の感触にお腹の奥がきゅーっと痛くなる。今まで感じたことのない身体の変化に怖くなったけれど、それよりも少し乱暴に動き回る夏樹の舌に意識を奪われてしまう。

足が震えて膝から力が抜ける。耐えきれず膝が折れそうになると、それを見越していたように夏樹の腕が望海の身体を強く胸の中に抱き寄せた。

「んっ……ぁっ」

簡単に逃げ出せないほど強い力で拘束されているのに、夏樹の少し高い体温を感じるのは悪くない。むしろ夏樹の体温が移って身体が熱くなって思考がぼんやりとしてしまう。

ぬるついた舌が望海の舌に絡みついて、まるで自分の口の中であるかのように我が物顔で動き回った。

「んんっ、や、は……んん……っ」

息がうまくできなくて、どうしていいのかわからない。身体が震えてこのままでは本当に立っていられなくなりそうだ。

夏樹はファーストキスだと言ったけれど、そんなのは嘘だ。望海とする初めてのキスという意味だとわかっているけれど、こんなキスをする人がその言葉を使うのはあまりに罪深すぎる。

「や……め……ッ……」

必死で胸を押し返すと、やっと唇が解放される。

「はぁ……っ」

とたんに流れ込んできた酸素に、自分が息もできなくなっていたことに気づいた。驚くぐらい口の中が唾液で溢《あふ》れ、口の端を濡らす滴《しずく》を指で拭う。

「……こ、こんなこと……」

――こんなことをするなんて許さないから。いつものように怒鳴りつけてやりたいのに、舌に麻酔でもかかったかのように呂律《ろれつ》が回らない。

「言っておくけど謝らないよ」

いつもの夏樹なら望海が怒るとすぐに機嫌を取ってくる。というか、明らかに望海が悪いときだって、先に折れるのは夏樹で大きな喧嘩になんてなりようがなかったのだ。それなのに今日はいつもと様子が違っていた。

「僕だけの望海になってよ」

まだ首を伸ばせば簡単に唇が触れてしまいそうな距離で囁かれて、カッと頭に血が上る。まるで口説かれているみたいだ。

でもそんなのはあり得ない。夏樹と自分は恋人のように簡単にくっついたり離れたり、壊れてしまうような関係ではなかったのに。

「ば、ばかっ！　絶対許さないから‼」

気づくと深夜の商店街に響き渡る声でそう叫んでいた。

――誰かに見られて、明日噂《うわさ》になっていたらどうしよう。

実家はこの街で商売をしていて、望海自身つい先日までそこで働いていたのだ。商売は悪い噂が立ったりしたらすぐに影響が出る。望海はぞっとしながら身を翻して駆けだしていた。

2

望海はプリントアウトした紙を一枚夏樹のデスクに置いた。受け取ろうとしていた夏樹の手が空中に置き去りにされる。

「こちら、本日の予定となります」

いつもより事務的で冷ややかな口調に気づいた夏樹が、悲しそうに眉を寄せる仕草をしたけれど無視する。

「午前中は特に予定がありませんので、稟議書《りんぎしょ》の確認などよろしくお願いします。昼は会長との昼食の約束が入っています。お店は会長の希望で〝割烹《かっぽう》よしずみ〟を予約していますが、十一時四十五分にエントランスに迎えの車を手配しておりますので。午後は十四時からO社との顔合わせ、十六時から営業企画部の報告会に出席することになっています。その他スケジュールにない予定などございますか？」

予《あらかじ》め決まっているもの以外に、夏樹が連絡を取って追加される予定が入ってくることも多いが、今日は比較的余裕がある。問題が起きなければ定時で帰れるスケジュールだ。

「のんちゃん、夜の予定がないなら一緒に夕食を食べに行かない？」

夏樹の言葉に、望海はわざと大きな音を立てて手帳を閉じた。

「変更はないようですね。では本日も一日よろしくお願いいたします」

望海はこの部屋に入ってから一番の笑顔を浮かべると、一礼して部屋を出た。

「ったく！」

週末から続いている怒りを隠そうともせず、手帳を乱暴にデスクに置いた。

前室には望海ひとりで、村井は久我専務の部屋へ朝の挨拶に行っている。おかげで夏樹に腹を立てていることに気づかれずに済んだが、このあとは気取られずにいられるか自信がない。それぐらい夏樹に対して怒りを抑えることができずにいた。

あの夜、突然キスをしてきた夏樹が反省も謝罪もしないことに腹を立てていて、彼が二度としないと頭を下げてくるまで許すつもりはなかった。

それなのに先ほどしれっと悪びれず食事に誘ってきたので、また怒りの炎をかき立てられた感じだ。火に油を注ぐとはまさにこのことだろう。

本当なら顔も見たくないところだが、仕事は仕事だと割り切る理性が残っているのが不思議なくらいだった。

幸い今日の夏樹の外出予定は会長との会食だけなので、顔を合わせる機会は少ない。なるべく前室で仕事をして夏樹には近寄らないようにしようと思った。

そもそもどうして夏樹は突然キスをしてきたのだろう。もう夏樹と別れてから何十回と反《はん》芻《すう》した問いを繰り返す。

見知らぬ相手と見合いをすることへの警告？　それとも望海が先に結婚するかもしれないことへの不安とかヤキモチだろうか。

確かあのとき夏樹は「僕だけの望海になってよ」と言ったけれど、あれは自分が一番親しいという独占欲の表れだったのかもしれない。これまでだって彼氏ができたとき助けてくれる人がいなくなるから困ると言われたことがある。つまりそういう意味だ。

それに夏樹には申し訳ないけれど、はっきりと友人ではない男性として見たのはこれが初めてだ。今まで一緒のベッドで眠ったこともあるが、いわゆる雑魚寝というやつでなにも起きたこともないし、夏樹だってそんな素振りを見せたことは一度もなかった。

もちろんいくら友人で幼馴染みだとしても男女でこんなことをしてもいいのか考えたことはあるが、あの夜キスをされるまでそんなことすら忘れていた。それぐらいふたりの関係は自然だったのだ。

それなのに突然キスをしてくるなんて、これから夏樹にどう接していいのかもわからない。

今朝顔を合わせて夏樹がいつものように謝ってくるだろうと高《たか》をくっていたのに、まったくその素振りを見せなかったのもいただけない。肩透かしというか、期待外れというか、とにかく予想していたことと違ったのだ。

内心いつもと違うことに狼狽《うろた》えながらも、とりあえずは怒っているのを伝えたくて冷たくしたが、一緒に仕事をして行く上でいつまでもあんな態度をしているわけにはいかないだろう。

いっそお見合いをして寿退社でもしたら夏樹を困らせられるとも思ったが、彼にいやがらせをするために自分の人生をかけるのは馬鹿らしすぎると考える理性は残っていた。

こんなことになるなら、夏樹の秘書など引き受けなければよかった。望海がパソコンのディスプレイを眺めながら溜息をついたときだった。

「望海ちゃん、お疲れさま」

ぱっとドアが開いて村井が姿を見せた。

「なにか困ったことはない？」

優しい言葉にホッとする。夏樹に苛《いら》ついていたことに気づかれないように笑みを浮かべた。

「優香里さん、お疲れさまです。今日は予定が詰まっていないのでなんとか」

村井とは気が合うようで、すぐに下の名前で呼び合う仲になったが、さすがに知り合って一週間で、仕事以外の大問題を相談するわけにはいかないだろう。

「例のアメリカのメーカーからメールが来ていたので、念のため翻訳ソフトも使ったんですが、間違ってないか確認してもらえますか」

「常務は英語でのやりとりは問題ないわよね？　メールをプリントアウトしてそのままお渡しして見てもらったら？　お返事だけ代筆したらいいわ」

「え？　なつ……いえ、常務って英語、そんなにできるんですか？」

「あら、この前も電話で普通に会話もされてたわよ？　望海ちゃん、大学も一緒だったんでしょ？」

知らないの？　という顔で問われて首を横に振る。

「ええ。でも……キャンパスは一緒でも、学部は別だったので」

そう言ったものの、学生時代だってなんだかんだと一緒にいた。ずっと一緒にいて彼が仕事で使えるほど英語が得意だったのを知らなかったことにショックを受けていた。

あの夜の夏樹の行動もそうだが、ずっと一緒なのだからなんでも知っていると思っていたのは望海の思いこみで、本当はなにも知らなかったのかもしれない。

村井のアドバイスに従って社内で回ってきた書類と一緒にプリントアウトしたメールを夏樹に届けると、程なくして社内メールで返信文章が送られてきた。

返信文はちゃんと英語で書かれていて、ざっと目を通した限り望海はそのメールをコピーして転送するだけでいいよう仕上げられている。どうやら代筆の必要もないらしい。

一応四年制大学を卒業しそれなりの英語力は身につけてきたが、それをビジネスで活《い》かせる自信のなかった望海にはありがたい。しかしそうなると本当に仕事で役に立っていない感が際だってきて、はたして自分は夏樹の秘書として必要だったのか不安になってくる。

実は一週間夏樹を見てきて、自分が夏樹に必要なのかと自問することが何度かあった。

村井の話ではまだ取締役になったばかりで、取引先へ就任の挨拶をすることがスケジュールのメインだという話だったが、アポイントやスケジューリングはすべて彼女がやってくれている。

望海は外出に同行して、帰社してからその取引先に夏樹の代理としてお礼のメールをするとか、挨拶の際に質問された内容の資料を揃えて送るとか、簡単な仕事しかしていない。

まだ入社して一週間でそこまで難しい仕事を任されないのは仕方がないが、夏樹の味方になると気合いを入れてきたのに役に立てていないのがありありと実感できてしまうのが不安だった。

会食は夏樹ひとりで出掛けると聞いていたので、午後の打ち合わせまでは村井から渡された各部署の業務内容や現在進行中の企画について勉強することにした。

午後の営業企画との打ち合わせには同席するよう言われていたので、議事録を残す役目だとしても少しでも会議の内容を理解しておきたかったからだ。

トレジャートイは現在、ゲームソフトを開発したり人気のトレーディングカードなどを販売したりしているが、昔から根強い人気の女児向けの玩具シリーズや男児向けの車や電車のシリーズなど老舗としても人気の商品が多い。

さくらちゃんシリーズは望海も子どもの頃たくさん集めていて、着せ替えや人形が使えるさくらちゃんハウスなど部屋中に広げて遊んだものだ。

夏樹の父が新商品をプレゼントしてくれることもあり、友だちの中ではダントツでさくらちゃんグッズを持っていて、よくうらやましがられた。

昔からの商品は大人になっても集めている人がいて、SNSやコラボカフェなどイベントも定期的に企画されていた。

営業企画との打ち合わせはまさにそれで、いわゆる〝大人のお友だち〟と呼ばれるような年齢層をターゲットとした企画のプレゼンについてだった。

トレジャートイの重役は年齢層が高いこともあり、なかなかSNSやネット上でのイベントで起こる波及効果への理解が浅く、企画への反応も薄いらしい。そのため若い取締役である夏樹に期待をかけて、全体会議に企画をあげる前に相談を持ちかけてきたそうだ。

夕方、約束の時間に会議室に行くと、数人の社員が夏樹を待ち受けていた。

会議室の隅で議事録を作るつもりでパソコンを開いた望海にも資料が用意されていて、そのまま夏樹の隣で企画のプレゼンを聞くことになった。

企画の内容は、来年さくらちゃんシリーズが発売から五十周年を迎えるタイミングに合わせての全国ツアーについてだった。

キャンピングカー仕立ての実寸大さくらちゃんハウスで一年をかけて全国を回り、展示イベントを開催する。またそのタイミングに合わせ玩具のキャンピングカーやグッズを展開していこうというものだった。

確かにここ数年アウトドアブームが高まっていて、家族で手軽にキャンプやバーベキューをしたりできるグランピング施設も増えている。

動画や写真の掲載をＯＫにしておけば自然にＳＮＳで紹介され拡散されるから、広告としての費用対効果も高いはずだ。

「面白い企画ですね」

夏樹も同じように感じたらしく、興味深そうな顔で何度も頷きながら担当者である柳瀬《やなせ》にいくつか質問をした。

「企画自体はよく考えられているので、細かな点をもう少しブラッシュアップしたものを重役へのプレゼンに出しましょう。今後も定期的に報告してください。こちらの待山さんに連絡をしてくれれば優先的に僕の方に情報が回ってくるようにするので、一緒に頑張りましょう」

夏樹の言葉に社員たちの間からワッと歓声があがった。

望海がさっそく担当者の柳瀬と連絡方法を確認していると、夏樹が肩を叩き、社員向けの口調で言った。

「一件連絡が入る予定なので、先に戻ります」

「私は今後の連絡について打ち合わせしていくので、あとから戻ります」

夏樹が頷いて出て行くのを見送ってから、望海は改めて柳瀬に挨拶をした。

「改めまして、常務の秘書で待山といいます」

軽く頭を下げて視線を合わせたとたん、柳瀬が嬉しそうに言った。

「やっと噂の秘書さんに会えましたね」

「え？」

「社長が自ら常務の秘書にスカウトしてきたと聞いています。とても優秀で、秘書と言うよりは常務の補佐という感じらしいですね」

そういえば望海の肩書きについてしばらくは噂になるかもしれないと村井が言っていたけ

れど、かなり誤解が広がっているようだ。

「とんでもないです。異業種からの転職で、まだ常務のお役に立てているかどうか。わからないことばかりなので、色々とご迷惑をおかけするかと思いますがよろしくお願いいたします」

「こちらこそ今回のやりとりで待山さんにお世話になると思いますのでよろしくお願いします」

柳瀬の方が年齢もキャリアも先輩なのに、そうへりくだって頭を下げた。

歳は望海たちより少し上、三十代になるかならないかといったところだが、仕事ができるオーラが伝わってくる。容姿も整っているし清潔感があるから、彼がプレゼンをすればそれだけでも好感度が上がりそうだった。

「では私はこれで」

連絡方法を確認して会議室を出ようとしたときだった。

「柳瀬さん、せっかくだから待山さんもお誘いしたらどうですか？」

そばで話を聞いていた女性社員が割って入り、柳瀬がその言葉に「ああ」と軽く頷いた。

「待山さん、このあとなんですけどお忙しいですか？　今日は皆でこの企画の決起集会を兼ねた食事会があるんです。よかったら待山さんもいらっしゃいませんか？」

「……ええと、お誘いは嬉しいですが」

そんな席にいきなり交じってもいいのだろうか。思わず戸惑った顔をすると柳瀬が苦笑いを浮かべる。

「食事会っていっても居酒屋で好き勝手に飲んだり食べたりするだけなので、気楽に参加してください。待山さんの話も色々伺いたいですし」

「でも急に増えたりしたら」

「大丈夫です。私すぐにお店に電話してきますね！」

女性社員が望海の言葉を引き取ってすぐに会議室を出て行く。迷っていた言葉尻をサッととられて、気づくと食事会に参加することになっていた。

でも営業企画の食事会に参加するというのは、夏樹の誘いを断るのにもいい理由になるかもしれない。

「営業企画の皆さんの集まりなのに、ご迷惑ではないですか？」

「大歓迎ですよ。逆にうちの女性社員たちから、仕事ができる女性への質問攻めがあって大変かもしれませんが」

「とんでもない。私の方こそ業界のお話を聞かせていただけたら嬉しいです。じゃあお言葉に甘えて」

週の頭から飲み会をするなんて元気な部署だと思いながら、望海は営業企画の集まりへ参加することに決めた。

自席に戻って改めて営業企画のレジュメに目を通したり、柳瀬に指定された店の場所をパソコンで検索したりしていると、先に戻っていた夏樹が自分のオフィスから顔を覗かせた。

「のんちゃん、今日は定時退社でしょ。一緒に帰ろうよ」

相変わらず悪びれない夏樹の態度にまた頭に血が上ってきたけれど、仕事モードの口調で言い返す。

「常務、社内ですよ」

「今はふたりきりだろ。社内でもふたりきりのときはいつも通りでいいってルールにしようよ。面倒くさいし」

いちいち変える方が面倒くさいと思いながら、望海は眉を寄せて反対の意思表示をした。

「急ぎの仕事はないんでしょ？　早く帰ろうよ」

望海の機嫌など気にならないという顔で、夏樹は椅子に手をかけ肩越しにパソコンのディスプレイを覗《のぞ》き込《こ》んだ。

「ストップ！　近いから！」

間近に迫った顔の前に手を突き出すと、夏樹はこの部屋に入ってきて初めて笑顔を崩し不満げに唇を歪《ゆが》めた。

「そんなに近くないよ。今までだって」

「気づいたけど、今までの距離がおかしかったの！　これからは友だちとして適切な距離を取るつもりだから!!」

ピシャリと言い切ると、夏樹はいつものように悲しそうな顔をして溜息を漏らした。そのとき小さく「気づかなければよかったのに……」と呟くのが聞こえたけれど、もう騙されないと睨みつける。

「はい、離れて」

シッシッと犬か猫でも追い払うように手を振ると、夏樹は捨てられた子犬のようにしゅんと肩を落とした。

今まではこの顔に騙されて甘やかしてしまったのだが、夏樹の本性を知った以上もう引っかかるつもりはなかった。

「のんちゃん、冷たい。僕のこと嫌いになったの？」

「はいはい。嫌いですよ〜だからひとりで帰りなさいね」

「ひどい。僕、明日から出社拒否するかも……」

そんなことできるはずもないのに、望海を脅すつもりなのかそんなことを口にした。

「どっちにしても今日は約束があるから、夏樹はさっさと帰りなさい。早く帰れる日にちゃんと休息を取るのも仕事のうちでしょ」

跡継ぎとして目《もく》されている夏樹は、社長や会長の代理として夜の集まりに出席することもあり、先週も二日ほど退社時間後の会食に出掛けていたはずだ。

望海も同行するつもりでいたら残業になるから帰るように言われ、夏樹が何時頃まで店にいたのかは知らないが、要するにお酒も出る接待だろう。それならなにもない日は早く帰って休んで欲しいと思うのは、秘書としてだけではなく、身内として当然のことだった。

「ほらほら。私ももう出るから」

パソコンの電源を落として立ちあがると、夏樹が不機嫌な顔で言った。

「約束って誰？　大学の友だち？　もしかして今日も地元に帰るの？」

夏樹の問いに思わず笑ってしまう。

考えてみたら、自分には夏樹の知らない交友関係はないのではないかと思うほど、子どものときから生活の中に夏樹がいた。幼稚園から大学まで一緒で、しかも地元で仕事をしていたのだから仕方がないが、ある意味特殊な環境だろう。

「営業企画の人たちの飲み会に誘われたの。是非一緒にどうぞって」

「僕は誘われてないけど」

「常務を飲み会に誘ったりしないでしょ。部内の飲み会なんだから」

「でものんちゃんは部内じゃないのに誘われてる」

拗《す》ねたように呟いた夏樹を見て溜息をついた。

「あのね、夏樹はこの会社の跡継ぎで特別な人なの。そんな人を気軽に誘ったりしないでしょ。だから大人しく帰りなさい」

しゅんとする夏樹が少し可哀想になり、上司に対して適切ではないと思いつつも、手を伸ばして頭をポンポンと叩いた。

「じゃあね。お疲れさま」

望海が声をかけると、夏樹はまだ不満そうだったがそれ以上なにも言わなかった。


柳瀬に指定された店は会社から五分ほどのところにある雑居ビルに入っていて、迷わずにたどり着くことができた。

会社帰りに気軽に立ち寄るような大衆居酒屋ではなく小綺麗《こぎれい》な割烹居酒屋の個室が予約されていて、望海が到着したときには、昼間に会ったメンバーが顔を揃えていた。

「すみません、遅くなりました」

「わー待山さん、お待ちしてました！」

「どうぞどうぞ、こちらへ！」

他部署の飲み会に参加するなんて少し気後れしていたけれど、手放しの歓迎にホッとする。

しかし乾杯をして程なくして、柳瀬にされた警告が冗談ではなかったことを思い知らされた。

気づくと女性社員に囲まれ、質問攻めにされてしまったのだ。

「待山さんってヘッドハンティングされたんですよね」

「不動産仲介業で億ションをバンバン売っていたって本当ですか？」

「私が聞いたのは、帰国子女でトリリンガルで外国の富裕層担当だったたって噂なんですけど」

中途採用の、しかも社長の肝いりということで社内では噂が飛び交っていたようだが、あまりにも派手に尾ひれがついた噂に、望海は頭を抱えてしまった。

ひとつひとつ噂を否定したけれど女子社員たちは謙遜だと思っているようで、バリキャリなのに謙虚でいい人だと、さらにあれこれ質問されることになった。

しかも望海と夏樹の関係は社内では伏せられているため、夏樹のそばにいることに対しても質問が飛んでくる。

「新川常務って、美形ですよね～女子社員の間でもファンが多いんですよ。どんな人がタイプだと思います？」

「常務って素敵ですよね。あんなに素敵な人と一緒にいて好きになったりしませんか？」

「常務って彼女いるんですか？　いえいえ私が立候補しようってわけじゃ！　ちょっと気になるって言うか〜」

夏樹が女性に人気があるのはどこにいても同じのようで、改めてその強火具合に苦笑してしまう。

ここにいる女性社員のほとんどが夏樹に興味を持っていると知ったら、彼はどんな顔をするだろう。いつものようにうんざりした顔で望海に助けを求めてくるかもしれない。

食事会も半ばにさしかかった頃、柳瀬が望海の隣に移動してきて声をかけてくれた。

「もう疲れたって顔ですね。大丈夫ですか？　言ったでしょ質問攻めにされるって」

「……はは」

会社で柳瀬の言葉を聞いたときはどんな冗談かと思っていたが、想像していた以上の質問の嵐に乾いた笑いを返すことしかできなかった。

「でも皆同年代の優秀な女性に興味津々《きょうみしんしん》なんですよ。うちの会社はヒット商品を企画したら女性でもどんどん出世できるから、彼女たちも士気が上がったんじゃないかな」

そう言ってもらえると嬉しいが、経歴詐称を疑われるような噂だけが一人歩きしていて申し訳なくなった。

「不動産仲介業出身なのは本当ですが、私が働いていたのは本店も含めて三店舗しかない実家の不動産屋なんです。噂ばかりが大きくなっていて……恥ずかしいです」

「でも待山さんが優秀なのは本当のことでしょう？　そうでなければ社長があなたを新川常務の秘書に指名なんてしなかったでしょうから」

「いえ、本当にそんなんじゃ……」

本当のことを言えたなら楽なのだが、余計なことを口にして夏樹の社内での立場が悪くなっては困る。嘘をついているような後ろめたさに、褒められるたび心の中で謝罪の言葉を口にするしかなかった。

「待山さんは控えめな方なんですね。それも重役に気に入られる秘訣《ひけつ》なのかな？　新川さんの秘書なんて忙しいでしょう？」

「私はなにも。でも常務はまだ就任されたばかりですから、取引先の方たちへのご挨拶でお忙しそうですね」

まだ勤務を始めたばかりで秘書のなんたるかもわかっていないので、なにをもって忙しいかと答えればいいかわからないというのが本音だった。

「そういえば、常務は海外のアニメグッズの販売権について交渉中だと聞いていますよ」

「あ、はい。でもそちらはほとんど常務が直接やりとりをされているので、私はメールを確認したり送ったりするだけなんです」

「かなり話は進んでいるんですか？」

「まだお互いの条件を提示してすり合わせている状態なので……」

あまり詳しいことは口にできない望海が言葉尻をぼかすように呟くと、柳瀬は察したように頷いた。

「交渉権を得るだけでも大変な会社らしいですよ。そんな会社に目をつけるなんて若いのにすごい方ですね。今回のグッズの企画は競合もあるという噂ですから、うちが販売権を獲《と》れたら常務の地位も盤石になりますよ」

確かにあの仕事がうまくいけば、夏樹が会社を継ぐことに否定的な重役にも実力を見せつけることができるだろう。より一層彼のサポートをしなければと気合いが入る。

もともと自分は夏樹の味方になるためにやってきたのだから、少しでも彼の助けになりたかった。それは突然のキスという形で裏切られた今も変わらない気持ちだった。

「柳瀬さんは海外の会社との交渉をされたことがあるんですか？」

「僕自身はないんですが、入社当時先輩が担当してました。そのときは補佐しかしていませんが、多少なら知っていることをお教えできると思うので、なにかあったら聞いてください」

心強い言葉が嬉しい。今日の食事会に誘ってもらえて改めてよかったと思った。

「お忙しいと聞いていたので、新川常務が今回の企画に興味を持ってくださってよかったです。これから待山さんにもご負担をおかけすると思いますがよろしくお願いします」

「こちらこそ！　私はまだおもちゃ業界のことはわかりませんけど、柳瀬さんたちの企画はすごく面白いと思いました。教わることばかりでお役に立てるかわかりませんが、よろしくお願いします」

夏樹が期待されているのを感じて、自分のことのように嬉しかった。夏樹は社内に自分の味方がいないと言ったけれど柳瀬のような人もいる。こういう若くて優秀な人が、将来社長となった夏樹を支えてくれる人なのかもしれない。

それに質問攻めは大変だったが、同年代の仕事仲間での飲み会というのは初めての経験で、今更だが社会人体験をしているようで楽しかった。

もちろん父の会社でも忘年会など社員の人たちとの飲み会はあったが、今日のように若い人たちばかりで仕事やプライベートについてあれこれ盛り上がるのは新鮮だ。まだ週の始まりだということも忘れてしまうほど話は尽きなかった。

そもそも社長のお墨付きでやってきたという設定のせいか、村井以外の秘書課の女性には一線を引かれているような空気を感じていて、日々アウェーにいると感じていたから、こうして話せる人たちができて嬉しい。

夏樹は誘われなかったと寂しそうだったが、味方はたくさんいるのだと教えてあげたい。

望海がそんなことを考えたときだった。

「待山さん」

絶対にここにいるはずのない人物の声に、望海はギョッとして振り返った。

「なつ……新川常務⁉」

思わず大きな声が出てしまう。するとそれに気づいた女性社員から「きゃーっ」と悲鳴にも似た声があがった。

「ど、ど、どうしたんですか？」

飲み会に参加すると伝えたが、店の名前や場所は教えていなかったはずなのに。そこまで考えてハッとする。

柳瀬が書いてくれた店の名前を書いた付箋を、デスクの端に残したままにしてきたのを思い出した。それに店の場所を検索しているときに、夏樹に画面を覗き込まれていたはずだった。

「待山さんから皆がここで飲んでいるという話を聞いていたから、陣中見舞いだよ。ここは僕が支払っておくから、皆さん楽しんでください」

夏樹が笑顔で言うと、皆からわあっと歓声があがった。

彼の収入がそれなりに高いことはなんとなく感じていたが、普段は理由がなければ望海が頑《かたく》なに割り勘を強調していたので、夏樹のお願い事を聞くとき以外は奢られたことはない。

望海が入社時に提示された給与もなかなかのものだったので、常務取締役の夏樹の収入からすればきっと十数人の飲食代など、たいした負担ではないのだろうが皆と一緒に喜ぶ気持ちにはなれなかった。

呼ばれていない集まりにわざわざ顔を出した意図が気になって仕方がなかったからだ。

「それじゃあ僕はこれで」

望海の心配をよそに夏樹があっさりと手をあげたとたん、女性社員たちがワッと彼を取り囲む。

「そんな！　常務も一緒にどうぞ‼」

「そうですよ‼」

「是非一緒に飲みましょうよ～」

女性に挟まれて、夏樹が申し訳なさそうな笑顔を浮かべる。絶妙に女性の心を擽《くすぐ》る頼りなげな笑みだ。

「でも上司が一緒なんて、日頃の憂さが晴らせないだろ」

「常務なら大歓迎ですよ！」

「ご迷惑でなければご一緒してください！」

ささあと女性社員たちが座敷の奥へと夏樹を案内する。苦笑しながら女性社員たちの真ん中に収まったが、望海には最初からそれを狙っていたのだとわかっていた。

いつも望海に一生のお願いと称して希望を通そうとしているときの顔や口調と一緒だ。誘われていないことを知って寂しそうだったし、自分も飲み会に参加したかったのだろう。

ついさっきまでは夏樹に柳瀬のような味方がいたり、社員が夏樹を慕ってくれていることが嬉しかったはずなのに、今は簡単に騙されてしまった皆が可哀想になる。

望海を質問攻めにしていた女性社員たちは、今や夏樹の周りにべったりとくっついて、あれこれ質問を投げかけていた。きっと先ほど望海にぶつけていたような質問を本人にもしているのだろう。

夏樹がモテるのは知っているし、大学時代のコンパ、なんなら幼稚園の頃から見慣れた光景だ。しかし今日はなぜか皆に愛想のよい笑顔を向けている夏樹を見ているうちに胸の奥がモヤモヤしてしまう。

キスをされたとき「僕だけの望海になって」などという思わせぶりなことを言われたから、いつの間にか夏樹は自分のものだとでも思っていたのだろうか。

自分以外の女性とも楽しく過ごすことができると思うとなんとなくイラッとしてしまうのはなぜだろう。付き合ってもいない相手に独占欲を感じるなんて恥ずかしい。そう思ったときだった。

「あっという間に女性社員に囲まれちゃいましたね」

柳瀬が隣で苦笑いを浮かべて言った。

「ええ。すみません、飛び入りさせていただいて」

確か企画がうまく行くように決起集会的な集まりだったはずなのに、今や新川常務を囲む会になってしまっている。

「まるで保護者みたいな言い方ですね」

「えっ……ああ」

言葉の意図を理解して赤くなる。いつも弟分として見ていたから、つい姉目線で謝ってしまったが、今はただの秘書だ。

「秘書として……つい皆さんに申し訳なくなってしまって」

「申し訳ないなんて。みんな喜んでるじゃないですか。思っていたより気さくな人なんですね。でも……常務のそばには近づけなさそうだ。残念ですね」

「え？」

望海が驚いて見上げると、柳瀬が少し恥ずかしそうに言った。

「せっかくだから僕も常務とゆっくり話をしてみたかったんですが」

「ああ！」

〝残念〟の意味を理解してホッとする。ついさっきまで感じていた、夏樹への独占欲に気づかれていたのかとドキリとしてしまったのだ。

「じゃあ私では役不足ですが、柳瀬さんのお相手をさせていただきますね」

「それは光栄です。噂の待山さんを独占できるなんて、常務に感謝しないといけないですね」

「その噂のっていうのやめてください。言われるたびに本当に恥ずかしいんですよ」

本気で困った表情を浮かべる望海を見て、柳瀬が声を立てて笑った。

今まで、学生時代の友だち以外で同年代の男性とほとんど交流がなかったが、柳瀬のように少し年上の世慣れた男性と話をするのは楽しい。

友だちのような気安さはないが、その分相手もこちらに一定の距離を持って接してくれるし、年上の男性の余裕というか安心感もある。

結局その日は会がお開きになるまでほとんど柳瀬と話をして過ごすことになった。

これが週末なら二次会に流れるらしいが、まだ週の始まりということもありすぐに解散となった。

ちょうど店の前に停《と》まっていたタクシーに乗りこむ夏樹を残っていた数人で見送る。すると、身体半分乗りこんだ夏樹が望海を見た。

「待山さん、遅いから僕のタクシーに乗っていったら？　この近くって言ってたよね」

夏樹は望海を乗せるのが当然の権利のように口にしたが、こういう場でひとりの社員だけに声をかけるなんて、下手をすれば誤解されてしまう。

「お気遣いありがとうございます。まだ電車もありますし近いので大丈夫です」

内心がっかりしているかもしれないが、他の社員の手前、いつものように食い下がることはできないらしく、夏樹は渋々そのままタクシーに乗りこんだ。

「ごちそうさまでした！」

「お疲れさまでした」

動き出したタクシーの中から社員たちの声に手を振る夏樹を見送って、望海は大きく溜息をついた。

幸い皆は夏樹が送ると言ってきたのを不審に思っていないようだが、人によっては誤解されて、おかしな噂を流されてもおかしくない。

誤解を生まないようにふたりが幼馴染みであることは伏せているのに、これでは別の意味で問題が起きる。あとで夏樹に注意をしておかなければと思った。

皆とは駅で別れてマンションに向かいながら、望海は改めて今夜の夏樹の行動を思い出していた。

どうしてほとんど付き合いのない部署の飲み会に顔を出そうなどと考えたのだろう。

自分が誘われなかったから寂しかったというのはあるだろう。確かに他の重役たちは望海から見てもおじさんばかりで父親と年齢が変わらない人たちばかりだ。

普段は望海や地元の友人とばかり遊んでいる夏樹からすれば営業企画の若い面々の方がよほど身近に感じられるのかもしれないが、いきなりサプライズで店に乗りこんでくるような強引なやり方は彼らしくない。そこまで考えて、実は夏樹は欲しいもののためなら強引な手段を使うタイプなのだと思い出した。

そうでなければ望海を会社に入社させたりしないし、望海にお願いを聞いてもらうために泣き落としなど使ったりしない。

言ってみれば自分の希望を通すために手段を選ばないのだから、お金を払うだけで仲間に加われるのは夏樹にとって安いものだろう。だとすれば乗りこんできた行動については納得するが、やはりその理由がわからなかった。

自分に期待をしてくれる仲間を増やしたいとか、彼なりに考えがあるのかもしれないが、自分が注目されているということをもう少し考えて行動して欲しかった。

しかし営業企画の飲み会は、夏樹に対する怒りの気持ちを和らげるのに効果はあった。簡単に許すつもりはなかったけれど、夏樹に期待してくれている社員もいるとわかったことで、サポートを頑張ろうという気持ちにさせてくれたからだ。

それに秘書として、いつまでも夏樹を避けるわけにいかない。仕事中は必要なときだけ口をきくようにしていたが、正直どのタイミングで夏樹を許せばいいのかと悩んでいたときだった。

「のんちゃん、そろそろ機嫌直してよ」

それは先週と同じ金曜日の夜で、こちらの機嫌を伺うような夏樹の声音に、望海は溜息をついた。

「別に……機嫌悪くなんてないわよ。それに社内では〝のんちゃん〟は禁止」

厳しく返したけれど、怒った顔を見せることに疲れていたので、夏樹がきっかけをくれてホッとしていた。

「じゃあさ、これから軽く食事してレイトショーなんてどう？　のんちゃ……待山さんが見たいって言ってた映画、六本木《ろっぽんぎ》のシネコンで見られるよ。さっきスマホでチェックしたら、まだ席も空いてたし。ね、いいだろ」

「……」

最初は夏樹があまりにも悪びれていないことの方に腹を立てていたが、ここ数日一応神妙にしているし、今回の件はこの辺りで手打ちにしてもいいかもしれない。

もともと望海自身は熱しやすく冷めやすい性格で、すぐにカッとしてしまうが怒りを持続させるタイプではない。しかも相手が昔から仲のいい夏樹相手ではいつまでも怒っていることはできなかった。

こちらがもう二度と隙を見せなければいいのだし、次に同じことがあったら秘書を辞めてやると脅してもいい。望海はそんなことを考えながら夏樹の誘いに頷いた。

「いいけど……今日はお酒はなしだからね」

また酔った勢いでキスなどされてはたまらないので釘を刺すと、夏樹が頷いた。

「もちろん！」

いつもと変わらない笑顔は何事もなかったかのようだ。もしかしたらこのまま望海がアクションをしなければ、夏樹も諦めて今までの関係に戻れるのではないだろうか。

そんな期待をしながら帰り支度を始めた。

3

お酒はなしという約束通り、ピザとソフトドリンクという軽い食事をとったあと、夏樹が席を予約してくれたシネコンへ向かった。

ふたりで映画を見に行くときは地元のショッピングモールばかりなので、都会のシネコンのお洒落《しゃれ》さは目新しいけれど、少し居心地が悪い。

金曜の夜だからか、友だち同士という組み合わせよりカップルの方が多く、端から見れば自分と夏樹もカップルに見えるのだと思うと落ち着かなくなった。

「のんちゃん。ポップコーンは塩？　キャラメル？　飲み物はアイスティーだよね」

隣に座って甲斐甲斐《かいがい》しく世話をしてくれる様子はいつもの夏樹だ。

先日のことがあったから身構えていたけれど、夏樹の方があっけらかんとしていて、やはりふたりの間にはなにもなかったかのようだった。

多少のモヤモヤが残ったとしても、もうあの夜の出来事を蒸し返さない方が平和なのかもしれないと、夏樹がふたりの間に置いてくれたポップコーンのバケツに手を伸ばした。

望海が見たがっていた映画は洋画のアクションもので、シリーズの三作目にあたる。一、二作目は夏樹と一緒に見ていたから、次作が決まったときに絶対に行こうと約束していたのだが、ここしばらく忙しくて映画どころではなかった。

もし上映中にいけなかったら、サブクスで配信になるのを待つしかないと思っていたところだったので、映画に来られたのは純粋に嬉しい。

「帰りにパンフレット買おうね」

ふたりともネタバレを恐れてパンフレットは帰りに購入する派で、そういうところも気が合っている。

「そういえば、夏樹って英語得意だったんだね」

望海はふと思い出したようにそう呟いた。

ふたりで洋画を見るときは、暗黙の了解で字幕を選んでいたけれど、不自由なくビジネスで英語を使えるということは、これまでも字幕なしで映画を楽しめていたということではないだろうか。

「どうしたの、突然。まあそれなりに、ってところだけど」

「別に」

友だちだったら教えて欲しかったという言葉を呑み込んで当たり障りのない言葉を返す。

そしてしばらくしてまた口を開いた。

「その眼鏡も」

「え？」

「それ、だて眼鏡でしょ？」

「ああ！　忘れてた」

望海の指摘に、夏樹が笑いながら眼鏡を外して胸ポケットに押し込んだ。

「僕童顔だから少しでも舐《な》められないようにね。さっきから、唐突な質問が多くない？」

それは夏樹がなにも教えてくれないからだ。

「私、夏樹のことなんにも知らなかったなって」

まるで拗ねた子どものような態度になっていたが、望海はそれに気づかずに素っ気なく言った。

「まあ夏樹が教えたくないなら仕方ないけど」

「そういえば、営業企画の柳瀬くんと話が弾んでたね」

突然そう切り出されて、一瞬意味がわからず聞き返してしまう。

「柳瀬さんが、なに？」

「この前の飲み会だよ。ずっとふたりで話してた」

そう言われて、やっと先日の営業企画の飲み会のことを言われているのだと気づいた。

「ああ。あの人、話しやすくていい人だよね。夏樹の味方になってくれそうな人じゃない？」

将来夏樹が社長になったときに、ついてきてくれそうな人なのだから大事にした方がいい。

「ふーん。のんちゃんはああいう、一見優秀オーラ出してるタイプの男が好みなんだ」

「なによそれ。なんか引っかかる言い方。夏樹だって柳瀬さんはいい人だと思ったでしょ」

すると夏樹はわざとらしく溜息をついた。

「のんちゃんが愛想がいい男って意味で言うなら頷くけど」

「うわ、感じ悪い言い方！」

望海はプイッと顔を背けた。

まさか柳瀬にヤキモチを焼いているのだろうか。確かにふたりで話し込んでいたことは認めるが、夏樹だって女性社員たちと楽しそうに話をしていたのだからお互い様だ。

「のんちゃん」

夏樹がなにかを言いかけたタイミングで、さっとシアターの明かりが暗くなる。すぐに上映前のシネアドが始まりそのまま会話は途切れた。

いつもだったら新作映画の予告編を見て「これ面白そう」「こんなの絶対泣くやつじゃん」と小さな声で囁き合ったりするのに、夏樹の言い方にムッとしてしまい口をきく気分になれなかった。

しばらくして本編が始まり、初めのうちは楽しみにしていた新作の映画に集中していたけれど、シリアスなシーンで効果音が消え、会話だけの静かな場面になったとたんすぐ隣で夏樹の息遣いを感じてドキリとした。

キスをされたときとたいして変わらない距離に夏樹が座っているのだと気づいて、急に左側が気になり出してしまう。

今まではこの距離で映画を見て、なんならふたりきりでカラオケの個室で並んで座ったことだってあるのに、夏樹との距離が気になって仕方がない。

今まで通りの関係に戻りたいと思っている自分が意識するなんておかしい。というか、どうして今更こんなことが気になってしまうのだろう。

映画に集中したいのに、隣に座る夏樹に意識が向いてしまい、彼の気配を感じるたびに様子を窺ってしまう。目はスクリーンに向けられているのに、いつの間にか耳は夏樹の気配を読み取ることに集中していて、なにをやっているのだろうと情けなくなったときだった。

突然大きな音がして場面が転換する。内容をろくに追っていなかった望海は、その不意打ちに驚いて小さく息を呑《の》んだ。

「……っ」

望海の身体がビクリと震えるタイミングを待っていたかのように手が伸びてきて、小さな手をギュッと握りしめたのだ。

大きくて温かな感触にそれがすぐに夏樹の手だとわかり、カッと頭に血が上る。

「ちょっ……！」

「しっ……静かに」

夏樹が耳元で囁く。わずかな息が頬《ほお》や耳に触れて、望海の後れ毛を微《かす》かに揺らした。

「……っ」

——近い！　そう叫びそうになり、ここが映画館であることを思い出して言葉を呑み込んだ。

必死で振り払おうとしたけれど、夏樹の力は思いの他強く自由にならない。まるであの夜無理矢理抱きすくめられたときのようだ。

ただ手を握られているだけだ。ここで過剰な反応を見せると、夏樹が調子に乗るかもしれない。必死でそう言いきかせて平静を保とうとしたが、まるでそれをあざ笑うように夏樹の指が望海の手の甲を撫《な》でるように動いた。

「……！」

ビクリと動いた手に、重ねられた手の甲から指の間に筋張った指が入り込む。

ここで振り払ったら夏樹を喜ばせるだけだと思いわざと無視をすると、太い親指が動いて擽るように左手の小指を撫でた。親指は何度も思わせぶりに小指の上を動き回って、そのせいで腰の辺りがムズムズしてしまう。

望海の膝の上で押さえつけるように掴まれた手は無視をしようにも気になってしまい、その後は映画に集中できず、ほとんど内容を覚えていなかった。

エンディングの派手な音楽が鳴り出すまでが我慢の限界で、望海は乱暴に夏樹の手を振り払うと立ちあがって席をあとにした。

「のんちゃん、待って！」

ロビーに出てすぐに夏樹が追いかけてきたけれど立ち止まらない。

「望海！」

名前を呼ばれてドキリとする。ちょうどエスカレーターに乗りこんだところで夏樹に追いつかれて、手首を掴まれた。

「どうしたの、エンディングの途中で立つなんて。望海は明かりがつくまで最後まで見たい派だろ」

夏樹の言う通りで、普段はエンディングロールで立ちあがる人たちを信じられないと思っていた。映画によってはエンディングロールが流れ終わったあとにちょっとしたサービス映像やオチがあったりするのだ。

そういうところも映画館で見る醍醐味《だいごみ》だと思っていたので、普段なら席を立つことなど絶対になかった。

「夏樹が手を握るからでしょ。約束と違う！」

「そんな約束してないよ」

あっさりと返ってきた言葉に、エスカレーターの一段上に立つ夏樹を振り仰いだ。

「ちょっ」

「お酒はなしって約束はしたけど、手を繋《つな》がないなんて言ってない」

抗議の声に被《かぶ》せるように夏樹が言った。

確かにそんな約束はしなかったかもしれないが、今週ずっと望海が怒っていた理由を推し量れば、そんな勝手なことをする気にならないはずだった。

そもそも映画が始まる前に、言い合いとまで言わなくてもなんとなく微妙な空気になっていたのに。

「そもそも許可してないのに勝手に女性の身体に触れることがおかしいでしょ！　あんな」

そこまで言いかけて口を噤む。

本当は「あんないやらしい触り方」そう言いたかったが、いやらしいと感じたのは望海の主観で、夏樹にその気がなかったと言われたら、望海が勝手にそう思いこんだことになってしまうと思ったのだ。

「望海？」

夏樹に訝《いぶか》しげに見つめられて、望海は頬が熱くなるのを感じながらプイッと顔を背けてエスカレーターから降りた。

「私、もう帰るから」

「じゃあ送る。実家？　それともマンション？」

「……」

本当はこれ以上一緒にいたくなかったが、ここでごねても夏樹のことだからどうやってもあとをついてくるだろう。子どもの頃からそうなのだ。

「ほら、ひとりじゃ危ないだろ。車で送るから」

「……夏樹の車には乗りたくない」

せめてもの抵抗でそう口にした。

「どうして？」

この状況で夏樹の車に乗って密室にふたりきりになったりしたら、またキスをされるかもしれないし、逃げ場もない。そう言いたかったが、意識していると思われたくないというプライドが邪魔をしてそれを口にすることはできなかった。

「まだ、電車あるもん。タクシーで帰ったっていいし」

「またそういう子どもっぽいこと言う。ほらおいで」

夏樹に手首を掴まれて、それ以上抵抗しても無駄だとわかっていた望海は駐車場まで連れて行かれると、そのまま大人しく車に乗りこんだ。

「どっちに帰る?」

「……マンション」

そう呟いてから慌てて付け足す。

「言っておくけど、部屋には入れないからね!　家の前までだからね!」

望海の強い口調に、夏樹はハンドルを操りながら不満げな声をあげた。

「この前招待してくれるって言ったのに」

「あのときと今は状況が違うでしょ」

「のんちゃんの嘘つき。ね、ちょっとだけならいいでしょ」

いつものように甘えた口調になったけれど、もうその顔に騙されるつもりはなかった。

「夏樹みたいな危ない男絶対部屋に入れないから」

強い口調できっぱりと言い切った。甘い顔をして、なし崩しに部屋に入られたら困るからだ。

けれども夏樹はその言葉にがっかりした様子を見せるどころか、なぜか唇に笑みを浮かべて嬉しそうにすら見える。

「なによ、その顔」

もっとあからさまにがっかりした顔をさせたかった望海は、ついそう口にした。

「あれ？　僕変な顔してる？」

「私、部屋に入れないって言ったのに、嬉しそうに見えるんだけど」

「ああ、顔に出ちゃってたね。のんちゃんがそんなに嫌がるなんて、僕を男として意識してくれてるってことだろ。そう考えたら嬉しくなっちゃって」

「な、なによ、それ」

「だって、今まで僕のこと、弟とか家族ってポジションでしか見てなかったじゃないか。今もそう思ってるなら、部屋にもすんなり入れてくれただろうなって思ってさ」

「……」

確かに今までの望海だったら、海里を部屋に呼ぶように夏樹を一人暮らしの部屋に招き入れていただろう。

そもそも二十年以上幼馴染みで友だちだったのに、今更他の男性相手のように夏樹を警戒するのは難しい。付き合いが長い分距離が近すぎるのだ。

つい夏樹なら大丈夫だと気が緩んでしまい、さっきだって簡単に手を握られてしまった。

「どうして……あんなことしたの？」

なぜ今までの関係を壊さなければいけないのかがわからなくて、望海は恨みがましく呟いた。

「あんなことって？」

この一週間そのことで怒っていたのだ。すべてわかっているくせにそんな返事が返ってくる。

「夏樹がこの前私にしたでしょ……き、き、す……」

「ああ。僕とキスしたのがそんなに嫌だったの？　傷つくなぁ」

まるで今まで知らなかったとでも言うような顔に腹が立つ。

「勝手にされたのが嫌だったの！　誰だっていきなりあんなことされたら嫌でしょ‼　さっき手を握って離してくれなかったのも嫌だった！」

思わず強い口調で言い返してしまう。

「……それって同意を取ればいいってこと？」

「ち、違う！　どうしてわざわざ今までの関係を壊すの？　私たち、今までうまくやってきたじゃない」

夏樹が波風を立てなければ、望海の心配事は会社のことだけで済んだのに、今や夏樹との関係の方が仕事より大きな問題になっている。

「うまくやってきたって言うのは、ちょっと違うと思うけど」

「どう違うのよ」

車はいつの間にか望海のマンションの前に着いていて、夏樹がゆっくりとシートベルトを外す。

「僕はずっとのんちゃんのことが好きだった。でものんちゃんは僕を男として見てなかっただろ？　だからのんちゃんが僕を意識してくれるまで気長に待つつもりだった。でも」

夏樹は言葉を切ると、望海をじっと見つめた。

「のんちゃん、いつまで経《た》っても僕の気持ちに気づいてくれないし、待つのも飽きちゃったんだよね」

あっけらかんとした口調に、頭の中が真っ白になる。今まで友だちだと思っていたのは自分だけで、裏切られたみたいな気持ちになった。

「勝手なこと言わないでよ！　私は夏樹が困ってるって言うから全然畑の違う業界で頑張ってるんだよ。夏樹が来て欲しいって言うから来たの！　それなのにそんな意地悪するなら、私の居場所なんてないじゃない」

自分の意思でトレジャートイに来たけれど、不安だってストレスだっててんこ盛りだ。夏樹の味方をしに来たのだから彼に弱音を吐けないと自分を励ましていたが、これ以上問題を抱え込めるほど望海のキャパシティは広くない。

こんなことなら夏樹のお願いなんて聞くんじゃなかった。会社なんて辞めて、夏樹の全部を投げ出すことができたらどんなにいいだろう。

「……もう嫌」

ずっと我慢していた本音が口をついて出た。

「ごめん、望海。泣かせるつもりなんてなかったんだ」

「……え？　泣いてなんて……」

そう口にした次の瞬間唇に滴が触れた。生ぬるくて少ししょっぱい……涙だった。

夏樹の前で泣くなんていつぶりだろう。いつの間にか姉役としてしっかりしなければと考えるようになって、彼の前で涙など流さないようになっていた。

というか、姉役の自分が夏樹の前で泣くなんてあり得ないと、勝手に思いこんでいた気がする。

恥ずかしくて乱暴に涙を拭ったけれど、ポロポロと溢れる涙は手でどうこうできる量ではない。慌ててバッグに手を突っ込んでハンカチを取り出した。

「ごめんね。望海が俺のために頑張ってくれてるってわかっていたつもりなのに、全然優しくできてなかった」

「夏樹に優しくして欲しいだなんて思ってない。でも裏切ったりして欲しくなかった」

「裏切られたっていうのは望海の認識の違いだろ。俺は、望海の敵じゃない。ただ大切にして一緒にいたいだけだ」

「そんないいわけ……聞きたくない」

夏樹の言っていることが理解できない。望海は頭を何度も左右に振った。

「望海はなにが怖いの？」

「……怖い？」

そう問い掛けられて頭の中が真っ白になる。

自分は今まで築き上げてきた夏樹との関係が崩れ去ってしまうことが怖かったのかもしれない。

「私は……今まで通りがいい。なにも、変えたくない」

「なにも変わらないよ。今までの関係に恋人が加わるだけだ」

「……」

夏樹の言葉は外国の言葉みたいだ。聞いたことのない、望海が今まで考えつきもしなかった言葉を当たり前のように口にする。

「今までも望海が好きだったけど、今度は〝愛してる〟って気持ちが増えるだけで、なにも変わらないよ。この前の夜俺とキスして変わったのは望海の意識であって、俺たちの関係じゃない」

言いきかせるような夏樹の言葉に、なんとなくそうなのかもしれないと思えてくる。言いくるめられている気もするけれど、夏樹のような考え方をすれば少しは気分が楽になるような気がした。

「……なんか騙されてる気がするんだけど」

望海はハンカチで涙を拭い、夏樹を上目遣いで睨みつけた。

「試してみようよ、新しい関係」

薄暗い車内でも夏樹の笑顔は輝いている。ぼんやりとそんなことを考えた。

「わかった……一応考えてみる」

別に夏樹のことが嫌いなわけではない。ただ恋人として見るのに抵抗があるだけで、一緒に過ごす時間は好きだった。

部屋に戻ったら色々気持ちの整理をして、新しい関係について考えてみよう。望海が初めて前向きな気持ちになったときだった。

「じゃあ、キスしてもいい？」

「……は？」

「同意もらってキスをするなら怒らないだろ？」

まだ同意をしたつもりはない。そう言おうとしたときには夏樹が身を乗り出し、今にも触れそうな距離まで唇が近づいていた。

「ね、いい？　キスするよ」

こんなのズルイ。夏樹に対して緩んでしまった気持ちにつけ込まれているみたいだ。絶対に断ろうと頭では考えたはずなのに、意思に反してこっくりと頷いてしまう。

その瞬間夏樹が笑み崩れて、形のいい唇の両端がわずかに吊《つ》り上《あ》がった。

「望海は俺だけのものだ。誰にも渡さないよ」

夏樹はそう呟くと、望海の小さな唇に自分のそれを重ねた。

「……っ」

触れた唇は思っていたよりも柔らかい。思っていたよりもというのは、あの夜から何度も夏樹のキスを思い出していたからで、突然のキスはあやふやだった記憶を再び鮮やかに蘇《よみがえ》らせた。

「ん……っ……」

ぬるつく舌が唇の隙間から滑り込んできたときも、望海は小さく鼻を鳴らしただけで抵抗しなかった。

「はぁ……っ」

ふたりの間で熱い吐息が漏れ、気づくと夏樹の両手が望海の背中に回される。大きな手で背中を撫でられ身体を震わせると、さらに身体が覆い被さってきてキスが深くなった。

口腔の薄い粘膜を熱い舌が舐《な》め回《まわ》す。自分の舌だって日々口の中で動いているが、それが内頬に触れてゾクリとしたことなんてない。

それなのに夏樹の舌が蠢《うごめ》くたびに口の中から震えが身体へと広がって、肌が粟立《あわだ》っていく。

それは不快なものではなく、望海の頭の中を熱くしてなにも考えられなくしてしまう。

口の中がこんなに感じる場所だなんて考えたこともなかったが、こんなにもうっとりしてしまうものなら、もう二度と夏樹のキスを拒めなくなりそうで怖かった。

「ん、ん……っ、ふぁ……」

快感のせいなのか、勝手に鼻を抜けるような甘えた声が漏れてしまう。恥ずかしくてたまらなかったが、声が漏れるたびに夏樹の手が宥《なだ》めるように背中を撫でた。

最初のキスのときはそんなことを感じる余裕もなかったのに、今は気持ちよくてたまらない。気づくとすっかり体重を夏樹に任せていて、広い胸の中にもたれかかっている。

ついさっき手を握られただけでビクビクしていたはずなのに、どうしてしまったのだろう。夏樹が自分を傷つけるつもりがないと、言葉にしなくても唇から伝わってくるからかもしれなかった。

「望海、好きだよ」

背中を撫でていた手がウエストに回され、さらにふたりの身体が密着する。あやすように身体を撫でられることが気持ちよくて、うっとりしながら頭の隅で手の動きを追っていた。

夏樹の手が膝の上で動けなくなっていた手を握りしめて、すっかり力の抜けた太股《ふともも》を撫でる。そのまま身体をはい上がってきた手が、柔らかな胸のふくらみに触れた。

「……っ！」

長く筋張った指が服の上から胸に食い込む感触に、望海はハッとして目を見開いた。

「や、まっ……て……んん……ぅ……」

望海の小さな抵抗はキスに呑み込まれて、夏樹の唇に吸い取られる。小さく鼻を鳴らすと、返事のように大きな手が胸のふくらみをやわやわと揉みしだいた。

「……んぅ……ん……っ……」

初めてキスをしたのだって衝撃だったのに、今はさらに夏樹の手が望海の胸に触れているなんて頭の中は恐慌状態だ。

確かに考えてみると言ったたし、キスをしていいかと聞かれて頷いた。でもこんなふうに身体に触れることまで許したつもりなどなかった。

それなのに夏樹の手は、映画館で思わせぶりに手の甲や指を撫で回したときのように、淫《みだ》らな手つきで身体を弄《もてあそ》ぶ。胸のふくらみだけでなく、服の下に隠れていた女らしいウエストのカーブや太股に触れるたびに疼《うず》くような擽ったさを感じて、無意識に身体をくねらせてシートに背中を擦りつけてしまう。

「……はぁ……ん……や……」

重なった唇の隙間から、体温よりも熱い吐息が漏れる。

「望海、可愛い」

夏樹に触れられていると、次第にお腹の深いところが熱くなってジンジンと痺《しび》れてくる。今まで感じたことのない自分の身体の反応が怖くなって、望海はわずかに残った意識で今にもスカートを捲《まく》り上《あ》げようとしていた夏樹の手を押さえた。

「や……やめ、て……」

なんとか掠《かす》れた声で訴えると、思いの外あっさりと夏樹はその手を止めた。深く重なっていた唇が離れて、夏樹の舌先が唾液で濡れた唇をペロリと舐める。

「んっ」

たったそれだけの刺激に声が漏れたことに驚いて目を見開くと、望海の顔を覗き込む夏樹と視線がぶつかった。

このまま抵抗しなかったら、夏樹はどうするつもりだったのだろう。まだ少し首を伸ばせば触れそうな距離にある夏樹の唇から名残《なご》惜《り》しそうな溜息が漏れた。

「どう？　俺とキスして嫌だった？」

甘ったるい声でそう問われたけれど、望海はいつの間にかキスよりも身体に触れられることに意識を奪われていて、夏樹の問いに答える余裕はなかった。

夏樹に触れられた場所は熱を持って疼いていて、まるで低温火傷《やけど》でもしたときのように痺れている。

「……」

どうして身体が反応してしまうのかわからなくて、望海はキスと愛撫《あいぶ》の余韻で放心したまま、ただ夏樹の顔を見つめた。

4

夏樹と二回目のキスをしてしまった。しかも二回目は密室でわずかとはいえ身体にも触れさせてしまったこともあり、望海は再び自問の日々を繰り返すことになった。

夏樹の勢いに流されたとか、久しぶりに夏樹の前で泣いてしまって気持ちが不安定だったなどいいわけは色々あるけれど、心のどこかで夏樹ともう一度キスしてもいいという気持ちがなかっただろうか。

そうでなければキスをしていいかと聞かれて、無意識に頷いたりしないし、無意識とはいえキスに夢中になったりしないだろう。

「今度ふたりきりで会うときに、感想を聞かせて欲しいな」

別れ際夏樹はそう言ったけれど、会社で顔を合わせたらという意味ではなく、またふたりで出掛けようという意味だ。これまでふたりで数え切れないほど映画にも買い物にも食事にも、なんならテーマパークにだって出掛けたことがある。幼馴染みという関係でなければ、普通のデートコースだ。

もし夏樹と付き合うなんてことになったら、今までの楽しかった思い出はどうなってしまうのだろう。

夏樹の言葉通り新しい関係が加わるだけで、今までのすべてがなかったことになるとまでは考えなくなったけれど、二十年以上続いていた関係がどうなるのか想像できなかった。

ここのところどうにも夏樹に振り回されて、ペースを乱されている。今までだって夏樹のわがままに振り回されてあれこれ巻き込まれてきたけれど、ここまでモヤモヤを抱え続けたことはない。

これまでの距離感ならあまりにも腹が立ったらしばらく会わないという選択肢があったが、職場が同じ以上それは不可能だ。

そもそも自分はどうしてこんなに頑なに夏樹を避けようとしているのかもよくわからなくなってくる。

夏樹とは親友として、幼馴染みとしてずっと付き合っていきたい。恋人というといつ離れるかわからないような不安定な関係になりたくない。そう考える自分はどこかおかしいのだろうか。

たとえば自分に恋人や夫がいたとしても、夏樹との関係はずっと続いて欲しい。頭の隅でそれは自分勝手で狡《ずる》い考えだとわかっているのに、それでも夏樹にはそういう存在でいて欲しいと思う。

もしかすると自分の方が夏樹に対する独占欲が強く、彼を自分のものだと思っているのかもしれない。だとすれば今まで保護者面して夏樹のことを女の子たちから守っていた自分は、とんでもないダブルスタンダードだ。

もしも自分が夏樹に対しての気持ちを恋愛モードに切り替えたら、やはりなにかが大きく崩れ去って変わってしまうようで怖かった。

仕事だから顔を合わせないわけにもいかないので当然出社はするけれど、正直夏樹とふたりきりになって、この微妙な関係について話題にしたくない。

〝待山さん〟と呼ばれるときはなんとか仕事モードを保つことができるけれど、〝望海〟と呼ばれると、飛び上がりそうになってしまう。

なぜか夏樹は映画のあとから、望海のことを〝のんちゃん〟と呼ばなくなった。今までにも〝望海〟と名前で呼ばれることはあったが、今は明らかに意識してそう呼ばれているのを感じるのだ。

さすがに仕事中に他の社員の前で呼ばれることはないが、逆に名前で呼ばれるときはふたりきりで、仕事とプライベートをしっかり分けている感じを意識させられてしまう。

「望海」

ふたりで仕事の打ち合わせをしているとき、夏樹がふいにそう呼んだ。

今は仕事中だ。望海がハッとして顔をあげると、夏樹は書類に視線を向けたまま言った。

「この前のお見合いのことだけど、俺の方から手を回して、なかったことにしてもらったからね」

業務連絡のように言われて頷いてしまいそうになったけれど、よく考えればとんでもない内容に、聞き間違いではなかったかと顔を顰めた。

「……は？　なに？」

「この前望海が放置してたお見合い。あのあとも、結局なにもしなかったでしょ。そのままにしておくわけにもいかないから俺が片付けたの」

「な、なんでなつ……いや、常務がそんなことを」

ちゃんと自分でなんとかするつもりだったけれど、夏樹が突然キスしてきたりするから、それどころではなかったのだ。実を言うと半分は本当に忘れていたのだが、やっぱり彼に口を出される筋合いではなかった。

しかし夏樹はそれを当然の権利と思っているようで、背もたれに身体を預けながら胸の前で腕を組んだ。

「だって……当然だろ？」

――俺が望海を好きなの知ってるでしょ。夏樹が口にしていないはずの言葉が聞こえてきて、急に居心地が悪くなる。

「べ、別に常務が助けてくれなくても自分でなんとかできました」

ここはオフィスでプライベートな話をする場所じゃない。そうわかるようにわざと口調を正したが、夏樹は気にもとめず頷いた。

「うん、知ってる。でも俺はこのまま放置しておくのは我慢できなかったから」

そういえば、夏樹はあの夜から名前の呼び方と一緒に自分のことも〝僕〟から〝俺〟と言うようになった。

望海は頑なにふたりの関係を変えたくないと思っていたけれど、もうすでに関係は変化していて戻すことができなくなっているのかもしれない。

「……ありがとう」

意地を張って自分でなんとかできたと口にしたが、本当はどう動けばいいのかわからなかったので、望海は仕方なく感謝の言葉を口にした。すると夏樹が唇を緩めて、わずかに眉をあげた。

「じゃあご褒美にデート……いや部屋に招待してくれる？」

すかさず返ってきた言葉はいつも通りで、望海はからかうような表情を浮かべた夏樹の顔を睨みつけた。

「調子に乗らないで！」

そう言うと、パシン！　と派手な音を立てて手にしたバインダーを閉じる。

「特に話がないようでしたら、私はこちらの書類を営業企画に届けてきます‼」

なにか言いたげな夏樹を残して、望海は足早にその場から離れた。そうしなければ後ろから夏樹が追いかけてきそうな気がしたのだ。

もちろん実際にオフィスでそんなことがあるはずもないのだが、夏樹と一緒にいると、次になにが起きるのかドキドキ、いやビクビクしてしまう。ここのところ毎日のようにデートしたいだの部屋に行きたいだの強請《ねだ》ってくるので困っていた。

正式に付き合ってもいないのに二度もキスをしてしまったのは、自分にも隙があったからだ。夏樹に再びキスをされないためにも気をつけなければいけないと思うほど、彼の気配に過敏に反応してしまうのだ。

今まで誰より気が楽だった夏樹のそばが、今は一番居心地が悪い。こんな日が来るなんて考えたこともなかった。なんなら最近知り合ったばかりの柳瀬など営業企画の面々と話をしている方がリラックスできる。

望海は営業企画部のフロアでエレベーターを降りると、ホッと溜息を漏らした。社内で少しでも知り合いがいると思うと気が楽になる。

柳瀬が最初に言っていた通り、社長がスカウトしてきたという話が社内ではかなり広まっていて、夏樹のお使いで他の部署に顔を出したりすると興味津々の眼差《まなざ》しを感じるのだ。

それに比べて、営業企画の女性たちは一度食事をしているからフレンドリーだし、柳瀬や女性社員たちとメッセージアプリのＩＤを交換していて、近々女子会を開こうという話で盛り上がっている。

きっとひとりふたりは顔見知りがいるはずで、柳瀬への取り次ぎも頼みやすいだろうと思うだけで気楽だ。

「失礼します。柳瀬さんいらっしゃいますか？」

営業企画室の入口で声をかけると、予想通り顔見知りの女性社員がパッと立ちあがって出てきてくれた。

「望海さん、お疲れさまです。柳瀬さん打ち合わせに出てるんですけど、そろそろ戻るはずです。さっき電話がありましたから」

「あ、じゃあお戻りになられたらこの書類を渡していただけますか？　ご確認いただいて、お返事が欲しいとお伝えください」

「了解です」

女性社員は書類を受け取ると、望海に顔を近づけて言った。

「来週の女子会楽しみです！　色々聞かせてくださいね！」

望海が頷くと、女性社員が嬉しそうに胸の辺りで小さく手を振った。

なんだか学生のときに戻ったような女子同士の付き合いが擽ったい。でもそれは煩わしいのではなくワクワクする感覚で楽しかった。

重役室のフロアに戻ろうとエレベーターの前に立つと、扉が開いて柳瀬が姿を見せた。

「あ、待山さん！」

「お疲れさまです」

望海が微笑むと、柳瀬が申し訳なさそうな顔になる。

「もしかして営業企画《うち》に用事でした？」

「はい。書類を預けてきたので、目を通してお返事いただけたら」

「わざわざありがとうございます。ご連絡いただければ、うちの部の人間が取りに行ったのに」

「いえいえ。新川からも届けるように申しつけられていたので」

相変わらず感じがいい柳瀬にもホッとする。秘書室は各々が担当重役の仕事をしているからか、入社して数週間経つが、村井以外で親しく話す人はいない。

話をする機会がないだけで、秘書室で虐められているとか仲間はずれにされているわけではないが、やはりコミュニケーションが取れる相手がいるのは気が楽になる。

「そういえば、うちの課の女性たちが待山さんと女子会をするって話してましたよ」

「そうなんです。なぜか、誘っていただいたんですよ」

大学の友だちとの女子会なら経験があるが、会社の同僚というのは初めてで、実はかなり楽しみにしている。

この前の夜、夏樹には少しだけ不安を暴露《ばくろ》してしまったが、今までは家族経営という狭いコミュニティでしか過ごしてこなかったから同年代の知り合いができて嬉しい。

「いいなぁ。僕ももう少し待山さんとお話ししたいなって思ってたのに、女子会じゃ仲間に入れてもらうこともできないし」

「すみません」

社交辞令だとしても嬉しくて、望海は笑顔を返した。

「じゃあ今度は僕とも飲みに行く時間作ってくださいね。約束ですよ。こちらの書類はきちんと目を通してからお返事差し上げますと取締役にもお伝えください」

柳瀬はそう言うと軽く手をあげて歩き去った。

夏樹が柳瀬のことを揶揄《やゆ》するように〝愛想がいい人〟と言ったが、こうして何度か話をしているとやはり物腰が柔らかくとっつきやすいと思えるし、当たり障りのない会話を自然にできるのは、彼の生まれもった人柄の良さのように感じた。

柳瀬のようなタイプの男性は、どんな人と付き合うのだろう。柳瀬の爽やかな笑顔に癒されてオフィスに戻ると夏樹の姿はなく、デスクにメモが残されていた。文字は見慣れた夏樹のもので、久我専務のところにいると書かれていた。

さっきあんな別れ方をしたばかりだから夏樹がいないことにホッとして自席に座る。パソコンにパスワードを打ち込みながら、ここに来る前と今では随分夏樹の印象が変わったと思った。

夏樹は味方がいないとか、自分はひとりぼっちで孤立無援だというような言い方をしたけれど、実際には重役たちともなんだかんだとやりとりをしているし、なにより柳瀬たちのように社員たちも好意的に受け入れてくれているように見える。

相談されたときは他の役員たちに相手にされていないような雰囲気だったが、見ている限り交流もあるようだし、聞いていたほどひどくないように思える。

そもそも望海の中での夏樹のイメージと言えば、いつも望海に頼み事をしてくる少し頼りない幼馴染み、海里と同格だったが、ここでは立派なひとりの男性として働いている。

弟だからこそ助けてあげたいと思ったのに、今の夏樹を見ていると、最初から自分など必要なかったと考えてしまう。

海外との交渉だってひとりでできているし、取引先とも友好的な関係を結んでいる。そこには望海が知っている頼りない幼馴染みではなく、ひとりの社会人として立派に仕事ができる新川夏樹という男性がいて、手助けなどまったく必要としていなかった。

つまり夏樹は今まで大きな猫を被って望海を騙していたわけで、やっぱりそのことに関しては怒ってもいいかもしれない。

夏樹は相変わらず望海だけが頼りだという顔をしていたが、これから改めて夏樹の様子を注意深く見ていこうと思った。

それから数日して、夏樹に頼まれてあるパーティーに秘書として出席することになった。

もともと出席をするなら同伴を頼むかもしれないと言われていたが、夏樹はあまり乗り気でない顔をしていたので、望海は欠席するつもりなのだろうと思っていた。

ところが社長、つまり夏樹の父に自分が顔を出せないから代わりにちゃんと挨拶をしてくるようにと出席を命じられたらしい。

「ごめん。時間外に悪いんだけど、一緒に行ってもらえると嬉しい。というか、望海に来てもらえないと困る」

夏樹は申し訳なさそうにそう言ったけれど、仕事なのだからそんな顔をする必要はないだろう。

「仕事なんだから謝る必要なんてないでしょ。でも初めてだよね、夏樹が夜の集まりに同伴しろって言うの」

「まあね。本当は部下に時間外労働を強要したくないんだ。それに立食パーティーはちょっと苦手なんだよね」

夏樹の顔に浮かんだ見慣れた独特の表情に、なんとなく理由を察してしまう。多分パーティーのように誰でも近づいて話しかけることができる環境だと夏樹狙いの女性が集まってしまうということだろう。

秘書なりなんなり、常に一緒にいる人間がいれば、女性の夏樹へのアプローチも少しは軽減されると考えているのだ。

「つまり、私は女よけもかねて夏樹のそばにいればいいってわけね」

ずばりそう口にすると、夏樹は面倒くさそうに頷いた。

「まあそういうこと。でも、別に嘘じゃないだろ」

「え？」

なにが嘘ではないのだろうと訝しげに見上げると、夏樹が唇に笑みを浮かべた。

「望海は俺の好きな人なんだから、女性を追い払う理由としては正当だろ。なんなら秘書じゃなくて恋人ですって紹介してもいいけど、どう？」

まだ恋人同士でもないのに、夏樹にはそういう認識らしい。勝手に話を進められそうな雰囲気に、望海は夏樹に険しい目を向けた。

「そんなこと言うならパーティー行かないよ？」

「……ごめんなさい。一緒に行って欲しいです」

すぐに白旗を揚げた夏樹を見て、望海は改めてパーティーに同伴するのを了承した。

会場は都内のホテルで、よくわからないけれど色々な業界の交流会という名の立食パーティーだった。男性はほとんどがスーツ、女性は着飾るというより少しかしこまったスーツやワンピース、望海のように明らかなビジネススーツの人もいた。

会場に到着したときは乾杯の挨拶の真っ最中で、それが終わるとすぐにあちこちで名刺交換が始まった。

夏樹はここ最近あちこちに顔を出しているのでちらほら顔見知りもいるようで、その知り合いを介して新たな企業の代表と挨拶を交わす。

どちらかというと年輩の男性が多い印象の集まりだったが、若い女性の姿もちらほら見える。参加している社長や会長の娘や同伴者のようだが、おじさんたちがひしめくパーティーで若い夏樹は目立って、挨拶に来る女性があとを立たない。

隣に望海が控えているせいかあまり込み入った話まではしてこないようで、少し話をすると離れていく。ただ夏樹の手の中にプライベートの名刺やメッセージアプリのＩＤを滑り込ませていく女性もいて、彼女たちがいなくなると夏樹はそれを望海に押しつけた。

「捨てといて」

「……いいの？」

「だって俺には必要ないし」

夏樹がなんの未練もないときっぱりと言うのを耳にして、なぜか気持ちがスッとした。でもその気持ちを夏樹に気づかれたくなくて澄まして言った。

「みんなお洒落で可愛かったじゃない」

「別に女の子と知り合いになりに来たわけじゃないし。親父《おやじ》に言われたから仕方なく顔を出したんだ」

夏樹はふて腐れてそう返すと、チラリと望海の服装を見下ろした。

「望海ももっとお洒落すればよかったのに」

「どうして？　秘書なんて黒子なんだから、失礼にならなきゃなんでもいいのよ」

むしろこういった交流会で秘書が目立つのはいただけない。紹介されなければ口を開かないで控えているぐらいがいいと講習会でも先生が言っていたのだ。

するとと夏樹が小さく首を横に振る。

「違うよ。俺がお洒落した望海を見たいの。俺の前でああいう格好してくれたことないだろ」

「だって、そんな状況になったことないじゃない」

ふたりで出掛けるときは私服だし、わざわざ改まった服装で出掛ける場所はない。望海はふと思い出して言った。

「あ！　大学の先輩の結婚式に呼ばれたときドレス着たじゃん」

あのときはサークル仲間数人と披露宴に招待されたのでドレスを着て参加したのだ。母にこれから友だちの結婚式に出席することも増えてくるのだからと言われて、ちょっといいドレスを買ったのを思い出した。

「ああ、あれは可愛かったね」

夏樹は軽く頷いて、望海をジッと見つめ返した。

「でもさ、誰かのためじゃなく、俺のために着て欲しい」

突然真面目な声音で言われて、望海の心臓がドキリと大きな音を立てた。

「……っ」

熱い眼差しを向けられているのを感じて、頭に血が集まってくる。

夏樹はいつからこんな目で見つめてくるようになったのだろう。それともずっと前からこんな眼差しを向けられていたのに、気づかなかったのだろうか。だとしたら自分は随分鈍感だったのかもしれない。

「……まあ、機会があったら」

夏樹の熱い視線が恥ずかしくておざなりに答えると、夏樹が嬉しそうに微笑んだ。

「絶対だよ」

「だ、だから、機会があったらよ」

約束はしていないと念押ししておかないと、あとでなにか言われてしまいそうだ。

「うん」

夏樹の嬉しそうな笑顔が眩《まぶ》しい。今までにもこんな顔を何度も見て慣れているはずなのに、今は心臓がドキドキと音を立てて、さらに頬が熱くなっていくのを感じた。

ここがパーティー会場でなくて、ふたりきりで話しているのならもっと素直になれたのに。

望海が一瞬そんなことを考えたときだった。

「じゃあさ、今度ふたりで」

夏樹がそう言いかけたとき、女性の声が割って入った。

「夏樹くん！」

絡みつくような、甘ったるい声。例えるならフルーツのようなフレッシュな感じではなく、ムスクとか色気を感じさせるような甘ったるさに似ていた。

視線を向けると、ピンクのジャケットと膝丈より少し長めのタイトスカートにピンヒールを履いた女性が、夏樹に向かって手を振っている。女性はそのまま足早に歩いてきて夏樹の前に立った。

身長は百六十センチ弱ぐらいの女性で、明らかに夏樹よりは年上、若作りに見えるが三十代半ばぐらいだろうか。近づくと想像していたのとは違うけれど強い香水の香りがした。

しかもジャケットのインナーシャツは下着のようなレースで襟ぐりが深い。背の高い男性目線なら覗き込めそうなほどで、望海ですら視線を向けてしまう。パーティーといってもビジネスの交流会にしては派手すぎた。

「夏樹くんも来ていたのね。久しぶりじゃない」

女性はそう言うと、望海など存在しないかのように夏樹の腕に手をかけてポンポンと叩いた。今まで自分より夏樹と距離の近い女性に会ったことがなかったので、その親しげな様子にドキリとしてしまう。

「野々宮《ののみや》社長、お久しぶりです。今いらしたんですか？」

夏樹はいつもの女性を魅了する甘い笑みで女性に会釈《えしゃく》をした。どうやら知り合いらしいが、望海が村井から渡されているリストに彼女の名前はなかった気がする。

「そうなの、仕事が終わらなくてね。でも夏樹くんが来ているなら、部下に任せてもっと早く来ればよかった！」

野々宮と呼ばれた女性は媚《こ》びるような視線で夏樹を見上げて、さらに身を寄せた。

夏樹が一番苦手な押しの強い女性なのに困った様子もない。つまりふたりは普段からその距離で話をするのが当たり前なのかもしれなかった。

夏樹の秘書になってから彼について知らなかったことが多いのに驚いたが、今回は少なからず衝撃だ。いつも女性関係になると望海に助けを求めてきた夏樹が、慌てる様子もなく野々宮の相手をしていた。

それに先ほどから夏樹に触れたままの手が気になる。どうして夏樹は振り払わないで触らせておくのだろう。

代わりに振り払いたい衝動を抑えて、望海は野々宮に向かってサッと名刺を差し出した。

「はじめまして。わたくし新川の秘書で待山と申します」

すると野々宮は望海の意図した通り、渋々だが夏樹から手を離し名刺交換をしてくれた。

「ふーん、秘書さんがつくようになったんだ。そっか、夏樹くん常務になったんだよね。お

めでとう」

「ありがとうございます。まだまだ若輩ですから野々宮社長にもお引き立ていただけると嬉しいです」

「当たり前じゃない。私と夏樹くんの仲だもの」

野々宮は再び夏樹の腕に触れた。

ふわりと香った香水に、望海は思わず顔を顰めてしまう。媚びた甘ったるい声と同じくらい、甘い甘い香りに、その場の空気がムワッと不快なものに変わった気がした。

もちろん不快に感じたのは望海の主観だが、近づかれた瞬間、夏樹の頬もわずかに震えたような気がした。

「じゃあ～これからのことも相談したいし、このあとここのラウンジで一杯どう？　夏樹くん、お酒強いから私も安心して飲めるし」

野々宮の言葉に、夏樹の唇に浮かんでいた笑みが深くなった。それはまんざらでもないという表情に見えて、これ以上ふたりの親密さを見ていたくない望海がその場から離れようとしたときだった。

「野々宮社長、お互い誤解されるようなことはやめませんか」

夏樹のいつもより少し低く冷ややかな声の調子にドキリとして足を止めた。唇にはまだ笑みが浮かんでいたせいで野々宮は気づかないようで、さらに夏樹に身を寄せた。

「あら、誤解されるようなこと、あったかもしれないでしょ」

甘えるように夏樹を見上げて、チラリと望海に視線を流す。

「それとも、してみたいからそんなこと言ってるの？」

そのとき野々宮が思わせぶりにニヤッと笑ったのを望海は見逃さなかった。

まるで夏樹は自分のものだから秘書はお呼びではないと言われたみたいで、胸がキュッと痛くなる。まさか挑発しているわけでもないだろうが、見下されている感じがしてイラッとする。

野々宮は目の前に望海がいるというのに、夏樹の腕に摑まりながら背伸びをして耳元に唇を寄せた。

「なんなら今から誤解されるような関係になりましょうか」

「おや、夏樹くんも来てたのか」

「ああ、尾崎《おざき》さん！」

夏樹は年輩の男性の声に応えながら身体を捩《よじ》ると、さり気なく野々宮の腕を自分から引《ひ》き剝《は》がす。望海は頭を下げながら、村井からもらったリストに尾崎の名前があったことを思い出した。

確かアパレル系メーカーの社長で、夏樹の父とは旧知の仲のはずだ。

「美人ふたりに囲まれてうらやましいなと思って声をかけたんだが、野々宮くんか。君この間O社のパーティーで営業の男の子捕まえて随分酔っ払ったらしいじゃないの。今日はほどほどにね」

尾崎の言葉に野々宮はサッと頬を赤らめた。

「尾崎さんったら相変わらず意地悪ですね。私、お酒強いんですよ。酔っ払ったりなんて……」

「そう？　じゃあ若い男の子の前だとお酒が回りやすくなるのかな」

「なっ……！」

からかうような尾崎の口調に野々宮の顔がさらに赤くなる。それは羞恥と言うより怒りに近かった。

「尾崎さんこそもうお年なんですから色々気をつけた方がいいんじゃないですか！　失礼します‼」

野々宮は言いたいことだけ言うと、荒々しい足取りでその場から離れていった。

「……」

台風一過ならホッとするところだが、野々宮の残り香は不快でなんともすっきりしない気持ちがつきまとう。夏樹にあんなふうに触れる女性がいたことも望海の気持ちを落ち着かないものにさせていた。

そんな一瞬の沈黙を破ったのは尾崎だった。

「野々宮くん、相変わらずだねぇ」

その顔には苦笑いが浮かんでいて、先ほどのやりとりは尾崎が野々宮を追い払うためにわざと言ったのだとわかる。

「夏樹くんももっとはっきり断っていいんだよ？　彼女とどうこうなりたいっていうなら余計なお節介かもしれないけど、男関係ではあんまりいい噂を聞かないから気をつけた方がいい」

父親が息子に言いきかせるような尾崎の進言に、夏樹は素直に頷いた。

「ありがとうございます。僕も以前パーティーで酔った野々宮社長に絡まれてからふたりきりにならないよう気をつけていたんです。今日は彼女がいたので大丈夫だと思ったんですが」

そう言うと、望海に視線を向けた。

「尾崎さん、よろしければ改めて彼女を紹介させてください。僕の秘書で待山といいます」

「はじめまして。新川の秘書を務めております。待山望海と申します」

望海が名刺を差し出すと、尾崎は鷹揚に頷いてくれた。

「仕事上の付き合いはないんだけど、彼のお父さんと昔からの知り合いでね」

「はい、伺っております。どうぞよろしくお願いいたします」

「うんうん、よろしくね。そうだ、夏樹くんに紹介したい人がいるんだけど、時間大丈夫?」

「はい、もちろんです」

尾崎はかなり顔が広いようで、夏樹を連れてあちこちの輪に加わって色々な企業の経営者や重役といった人に引き合わせてくれた。

望海はすぐ後ろに控えていたが、ときおり結婚のことなどを尋ねられていて、やはり夏樹の結婚について興味を持っている人が少なからずいるのだと感じる。

自分にたまに舞い込んでくる見合い話とは違い、夏樹の場合は跡継ぎとしてそれに相応しい女性という条件もついてくる。ふと夏樹はどんな女性と結婚するのかと考えた。

もし夏樹と交際するとなると、やはりそういう問題も出てくるだろう。ただ幼馴染みとしてとか、好きだから一緒にいたい、そんな気持ちだけではうまくいかないと考えたら、なぜか胸がギュッと苦しくなった。

5

「あ～疲れた！」

パーティー会場を出たとたん、夏樹が大きく伸びをした。

「お腹空いただろ？　会場内では食べる時間なかったし、なんか食べて帰ろうよ」

駐車場に向かうために少し先を歩いていた夏樹がチラリと振り返ったけれど、望海は軽く頷くことしかできなかった。

夏樹が相変わらず女性に人気がある姿を見ていたらなんとなくモヤモヤしてしまい、この気持ちをどこに持っていけばいいのかわからなくなっていた。

今までも女性に囲まれる夏樹など何度も見たけれど、こんな気持ちになったことはなかった。でも思い返してみると、営業企画の飲み会で女性社員に囲まれているのを見たときも、こんな気持ちになったのを思い出した。

これはもしかして夏樹にヤキモチを焼いているのだろうか。

「望海を秘書になんかしなきゃよかった」

ぼんやりとしていた望海は夏樹の言葉に驚いてその顔を見上げた。

「そりゃ役に立ってない自覚はあるけど、そんなにはっきり言わなくてもいいじゃない！」

自分でも薄々感じていた無能さをはっきりと突きつけられて、思わず不満を露《あら》わにした。

するとと望海のしかめっ面を見た夏樹がクスリと笑いを漏らす。

「違うよ。望海がパーティーで注目されてたから、連れてこなきゃよかったと思ってさ」

「え？」

「挨拶をしたあとはみんな望海のことを聞きたがったし、飲み物を取りに行ったとき、知らない男から名刺もらってただろ」

確かに名刺をもらって連絡が欲しいと言われたけれど、それだけだ。もしトレジャートイに関係がある人だと面倒なので邪険にしなかっただけで、これが普通のナンパだったら連絡先など受け取らなかっただろう。

望海はそう説明したが、夏樹は納得がいかないという顔だ。

「他の男からなら連絡先も受け取るのに、俺がちょっとでも口説こうとするとすぐ秘書の顔になるだろ。望海にそばにいて欲しくて秘書になってもらったけど、なんだか逃げ道を用意しちゃったみたいだな」

「べ、別に逃げてなんて……」

「そうかな？　今まではなにかあったら、望海は全部幼馴染みなんだからって言葉で片付けてただろ。秘書になったらもっと一緒にいられるし、なにかが変わると思ったけど、新しいいいわけができただけだった」

「……」

逃げたつもりはないが、確かに自分の中でのいいわけをする理由として〝仕事だから〟〝夏樹の秘書だから〟という言葉はよぎる。

そんな理由がなければ夏樹が野々宮のような女性と一緒にいる姿を見ても、ただ逃げ出していただろう。逃げ出す理由は夏樹が他の女性と親しくしているところを見たくないからだと、今ならはっきりとわかる。

「私が秘書だろうと幼馴染みだろうと、夏樹には関係ないじゃない」

「どうして？」

「今日だってたくさん女の人が集まってきてたし、モテモテだったじゃん。私が名刺一枚もらったぐらいでそんなに目くじら立てなくてもいいでしょ」

別に付き合っているわけではないのだから、望海が誰から名刺をもらおうと夏樹には関係ない。もちろん望海にだって同じようにとやかく言う権利はない。夏樹もそれに気づいていない。

たのだろう、指摘するように言った。

「望海。それってヤキモチ？」

いつの間にか車の前まで来ていて、夏樹は扉に背中を預けて望海を振り返った。真《ま》っ直《す》ぐに見つめられて、嘘をついてもすぐに見透かされてしまいそうだ。

ヤキモチなんかじゃないと言い返したいところだが、夏樹が女性と親しげにしていると嫌な気持ちになったのは本当だった。

私の夏樹に馴《な》れ馴《な》れしくしないでよとか、うちの子に気安く触らないでよとか姉目線なところもあるが、これ以上この気持ちを隠すことは難しかった。

「……うん、ヤキモチかも」

望海はぽつりと本音を口にした。

「今まで夏樹と一番仲良しなのは私だって勝手に思いこんでいたから、今日はちょっと嫌な気持ちになったもん。あの……野々宮さんとか、すごく嫌い」

野々宮の手が夏樹に触れていたことを思い出して顔を顰めた。

「……もしかしてホントはああいう人がタイプ？　元カノに似てるとか」

「俺に元カノなんかいないの、望海が一番よく知ってるでしょ」

「……」

どうしてこんな会話になっているのだろう。夏樹とこんな男女の駆け引きのような会話をするつもりなどなかったのに。

「それに、望海にヤキモチを焼く権利はない」

「そんなの不公平じゃない」

「どうして？　だって俺はちゃんと望海のことが好きだって意思表示しているんだよ。付き合っていないとしても、好きな子に男が近づいたらヤキモチを焼くのは当然の権利だ」

どや顔とは言わないが、自信たっぷりな言葉は正当性があってつい頷いてしまいそうになる。

「でも……やっぱりズルイ」

理不尽なことを言っているとわかっていたけれど、夏樹の言い分を聞くのは悔しい。唇を突き出して不満を露わにする望海を見て、夏樹がクスリと笑いを漏らした。

「俺たち、いつまで幼馴染みなの？」

夏樹は車に寄りかかっていた身体を起こして望海の手を取ると、その手をキュッと握りしめた。

「……あ」

映画館の暗闇で握られた手の記憶が蘇ってきて、自然と鼓動が速くなる。

あのときは大きな手で思わせぶりに手を撫で回されて、擽ったいやら恥ずかしいやらで映画の内容がまったく頭に入ってこなかったのだ。

手を握られただけなのに、今まで感じたことのなかった夏樹の力強さとか抱き寄せられたときの広い胸、思っていたよりもがっちりと筋肉のついた腕などの記憶が次々と蘇ってきて心臓の音がいつもより大きくなった気がした。

「あ、今ドキドキしただろ」

まるで心臓の音が聞こえたような夏樹の言葉に望海は真っ赤になった。

「……っ」

「どうしてわかるのって思ったんだろ？　答えは簡単だよ。俺も望海に近づくとドキドキするから」

夏樹は少し掠れた声でそう呟くと、望海の手を引いて胸の中に引き寄せた。

当たり前のように抱きしめられてしまい、望海は赤くなった顔を見られたくなくて硬い胸に額を押しつけるようにして俯いた。

「もうそろそろ俺にも幼馴染み以外のポジションが欲しいな。もう飽きちゃったよ」

甘く強請るような声音にまた鼓動が速くなる。

「だって……夏樹の方がすぐにのんちゃんのんちゃんって弟みたいに頼ってくるから」

望海がわずかに頭をもたげて見上げると、夏樹はきっぱりと首を横に振った。

「違う。のんちゃんがそれを望んでたから。俺が幼馴染みとしてそばにいた方が、気が楽だったんだろ？　俺が本当の気持ちを態度に表してたら、俺たちの今の関係はとっくに壊れていたと思うけど」

夏樹の言葉はあながち間違いではない。

この前も今までの関係を変えたくないから夏樹とは恋人同士になりたくないと思ったのだ。でも実際にはいつの間にか夏樹のことを男性として意識して、頭では仕事関係だとわかっているのに近づいてくる女性にヤキモチを焼いている。本当はもういい加減自分の気持ちに気づいているし、夏樹もとっくにそのことがわかっているからこんなことを言うのだろう。

「とにかく夏樹が猫を被っていたのが悪いの！　夏樹が話をややこしくしてるんでしょ！」

最後のあがきで八つ当たりのように言うと、夏樹は小さく肩を竦めた溜息をついた。

「望海って時々駄々《だだ》っ子《こ》みたいに面倒くさくなるよね」

「面倒くさいって……」

「でもそういう望海が好き」

「……っ」

ここ数日で夏樹に何回好きだと言われただろう。もしかしたら実際の回数は少ないかもしれないが、夏樹に何度も好きという気持ちをぶつけられていて、頭の中は夏樹のことでいっぱいだった。

「望海は？　やっぱり俺とは付き合いたくない？」

「……」

そんな聞き方をされたら、なにが正しい答えなのかわからなくなる。ただこれ以上探りあうような会話を続けたくはなかった。

「……夏樹が、他の女の人にこういうことをするのは嫌」

「うん」

「あと、他の人にキスして欲しくない」

「うん」

「それと、私の言うことだけ聞いて」

「うん」

「それから」

「まだあるの？　それより俺の質問に答えてくれてない」

「……」

「俺と付き合ってくれる？」

微かな振動しか伝わらないほど小さく頷いた。

「ホント？」

「……だって、夏樹がしつこいから」

自分でもひどい言い草だと思うのに、夏樹は望海を見下ろしてこれ以上ないというぐらい幸せそうに微笑んだ。

「望海のそういうツンデレなところも好き」

「……なっ」

面と向かって好きと言われてこれ以上ないぐらい心臓が大きな音を立てる。

どうして夏樹はこんな天邪鬼《あまのじゃく》で面倒くさい自分を好きだと言えるのだろう。いまだにこうして手を握られたり好きと伝えられるだけでドキドキしてしまい、自分が感じている気持ちをなにひとつ口にできないのに。

「……前にも言ったけど、私はまだ今までの関係が壊れるのが怖いの。それは……わかってね」

大学時代にちょっと付き合った程度の男性と夏樹は違う。ずっと一緒にいたいと思うからこそ、やはり臆病になってしまう。

そんな望海の気持ちもお見通しの夏樹は、そっと望海の身体を胸の中に引き寄せた。

「わかってる。のんちゃんはなにもしなくていい。ただ俺のことを男として好きになって」

「そんなの……この前キスをされたときから、そう……思ってるよ」

はっきり〝好き〟と口にできない望海に気づいて、夏樹は嬉しそうに望海の顔をのぞき込む。

「そうなの？　じゃあもっと好きになってもらえるように頑張らないと」

まるで望海から告白でもされたかのような浮かれた声音に頬が熱くなる。

それに夏樹はもっと好きになってもらえるように頑張ると言ったけれど、そっちの方向はこれ以上頑張らなくてもいいかも。だって、自分の気持ちは十分夏樹に傾いてしまっているのだから。望海はそんなことを考えながら、自分から夏樹の胸に身を寄せた。

6

ベッドの上で仰向《あおむ》けになった望海の上には、上半身裸の夏樹が覆い被さっていた。

キスをしながら服を一枚ずつ脱がされて、自分ばかりが脱ぐのはイヤだと言ったら「じゃあ自分も脱ぐ」と言ってネクタイを緩め始めた。

そして、

「望海が一枚脱いだら俺も一枚ね」

そう言いながら承諾もしていないのに夏樹が服を脱ぎ始めてしまったのだ。

ネクタイ、ワイシャツを脱いだらもう上半身は裸で、その間に望海もジャケットと紺の縦《たて》縞《じま》柄のブラウスを無理矢理脱がされてしまった。

素肌を見られるのは恥ずかしくて両腕で身体を隠してから夏樹を見上げた。

「シャ、シャワー、浴びたい……から」

まさかこんな定番の言葉を自分が口にすることになるとは思わなくて、それだけで顔が赤くなってしまう。

「じゃあ一緒に浴びよう」

「ダメに決まってるでしょ！」

今すぐ望海の手を引いてバスルームに連れて行きそうな口調に、慌てて首を横に振った。

「どうして？　どうせあとで一緒に入ろうと思ってたし、風呂なんてもう何度も一緒に入ってるだろ」

「それは子どものとき……っていうか、幼児のときでしょ‼」

確かに夏樹の家の風呂には何度か入ったことがある。夏樹の祖父は風呂に拘《こだわ》りがあり、庭で遊んだりする子どものプールよりよほど大きい浴槽があって、夏樹と水遊びをしたこともある。しかし大人になった今そんなことを引き合いに出さないで欲しい。

「と、とにかくちょっとどいて」

夏樹は望海の身体を跨《また》ぐように膝をついていたので、その下から這《は》い出《だ》そうと身体を捩って夏樹に背中を向ける。するとうつ伏せの姿勢のまま背後から抱きすくめられてしまった。

「あ！」

「シャワーはあとで一緒に浴びよう。どうせこれから汗をかくんだし」

夏樹はそう呟くと項に唇を押しつけた。

「んっ」

唇の刺激にゾクゾクしたものが身体を駆け抜ける。ブルリと背筋を震わせると夏樹がブラのホックを外してしまい、待ち構えていたもう一方の手が緩んだ下着の間から胸のふくらみに触れた。

「……っ」

素肌に触れた熱い手のひらの刺激に声が漏れそうになりとっさに唇を嚙《か》みしめる。恥ずかしさのあまりシーツに顔を埋《うず》めると、胸に触れていた手が少し乱暴に柔肉を揉みしだいた。

「んっ……ぅ……」

必死で声を押し殺す。そうしないと唇からおかしな声が出てしまいそうだった。

「望海？　なに？」

なにか言いたいと思われているらしい。夏樹の手に反応していると気づかれたくなくて必死で口を開いた。

「シャ、ワ……」

変に力が入った声に夏樹が耳のそばでクスリと笑いを漏らした。

「だからあとで。ちゃんと綺麗にしてあげるから」

「や……」

シーツに顔を押しつけ弱々しく首を振るとそのまま抱き起こされて、夏樹の膝の上に座らされてしまった。

両手でふたつのふくらみを包みこまれ、長い指が白い肌に食い込む。

まるでお気に入りの人形でも抱くような手つきで、肩越しに耳朶《じだ》へ熱い唇を押しつけた。

「ひぁ、ン……っ」

シーツで押し殺していた声が唇から溢れて、そのなんともいえない媚びるような声に望海は両手で唇を覆う。自分が出した声だと思えないぐらい甘くて驚いてしまったのだ。

「どうした?」

「もうヤダ。変な声、でちゃうから……」

逃げられないとわかっているけれど、夏樹の腕の中で身を捩る。案の定ギュッと抱き寄せられて裸の素肌がさっきよりもピッタリと貼りついてしまった。

「我慢しなくていいよ。可愛いから聞かせて?」

「夏樹がよくても私がイヤなの!」

「あっそ。じゃあそうやって意地張ってれば? 俺は俺の好きにするから」

夏樹はあっさり言うと、再び柔肉に長い指を食い込ませた。

どうしてこんなことになってしまったのだろう。望海は大きな手で胸のふくらみを弄ばれながら、夏樹を部屋に入れてしまった自分の浅はかさを後悔していた。

確かにホテルの駐車場で夏樹と付き合うことは受け入れたけれど、こんなにも早く身体の関係になるつもりなどなかった。

あのあと食事をして、もう少し一緒にいたいとごねる夏樹を部屋に招いたことこそが自分の失態で、気づいたら深いキスをされて、あっという間にベッドに押し倒されていた。

「ま、待って……！　こんなの、まだ早い……」

口付けの最中切れ切れにそう呟いて抵抗したけれど、それを封じるようにさらにキスが激しくなった。

「んぅ……は……、ンンッ……」

あまりに長い時間口付けられているうちに身体が弛緩《しかん》してしまい、気づくと大きな手で身体を愛撫されていた。

「こんなの、いやぁ……」

夏樹を押しのけたいのに、熱を持った身体は思い通りに動かない。

「どうして嫌なの？　俺のこと、好きなんでしょ？」

「そうじゃなくて！　だって、こんないきなりなんて心の準備が」

フライングでキスを二回したけれど、正式に付き合うのは今日からなのだ。それなのに次から次へと新しいことが押し寄せてきて頭の整理が追いつかない。いずれはこういうことがあると思っていたが、それが今日なのが早すぎるのだ。

「望海はそうかもしれないけど、俺はずっとこの日を待ちわびてた。やっと望海の気持ちが聞けたんだ。我慢していた気持ちが抑えられなくなって当然だろ」

「で、でもこういうのには時間をかけるとか、順序があるでしょ」

「順序？」

「ほらデートするとか、手を繋ぐとか、キスをするとか」

そこまで言いかけて、すでにその辺はクリアしてしまっていることに気づく。デートとして出掛けたのは映画ぐらいだが、それまでに何十回と真似事《まねごと》をしているのだから今更だろう。

望海がなにに気づいたかわかったように、夏樹がニヤリと唇の両端を吊り上げた。

「ね。次はこれしかないだろ？　大丈夫、絶対大切にするから」

それ以上は夏樹に抗《あらが》うことができずに、勢いに押されて服を脱がされてしまったのだった。

このまま夏樹の好き勝手させていいのか不安を感じたときに、現実に引き戻すように柔らかな胸がキュッと摑みあげられた。

望海が一瞬別のことを考えていたのに気づいたかのようなタイミングだった。

「あ、んん……っ」

キュッと胸を掴まれた刺激に声が出てしまい、必死で口を閉じる。なんとか堪えていると、長い指が柔肉の中心で膨らんでいた先端に触れた。

薄赤く染まったそこはぷっくりと膨れて指が触れた瞬間、身体《からだ》中に電流が走った。まるでスイッチを入れられたみたいだ。

「や……んんっ」

夏樹は指の腹を使って赤い凝《しこ》りをコリコリと揉みほぐし、ときおりキュッと捻《ひね》るように摘《つま》む。次第に先端がジンジンして、なぜか触れることのできないお腹の奥や足の間までがムズムズしてきてしまう。

まだスカートと下着が残っていることが唯一の救いだと思った瞬間、夏樹の手がスカートのジッパーに伸びた。

「あ……」

スカートを脱がされると思っていたのに、夏樹の手はスカートと一緒にストッキングや下着も引き下ろしてしまう。抵抗する間もなく膝を曲げられ、あっという間に裸にされてしまった。

「い、一枚ずつって言ったのに……」

「そうだったね。じゃあ俺も全部脱ぐから」

「え？」

膝の上から下ろされ思わず振り返ると、立ちあがった夏樹がスラックスと下着を順番に脱いでいく。指が下着にかかった瞬間慌てて目をそらしていたけれど、夏樹は望海の前で裸になることに抵抗がないらしい。

「お待たせ」

再び背後から腕が伸びてきて、気づいたときには夏樹の膝の上に抱え上げられていた。

「ねえ」

夏樹の身体が先ほどより深く覆い被さってきてドキリとする。もう逃がさないと言われているみたいだ。

「望海、こういうの初めてだって思っていいんだよね？」

耳朶に熱い息を吹き込まれて、望海がブルリと身体を震わせた。

「安心して、俺も初めてだから」

夏樹はさらりと口にしたけれど、そんなことを信じられるはずがなかった。

昔からすぐ女の子たちに囲まれていたし、何度も面倒な相手を追い払うのに利用されたことだってあるのだ。そんな夏樹が今までまったく女性と付き合ったことがないなんて信じられない。

「嘘……そんなの」

「俺とずっと一緒にいたんだから、わかるだろ」

やわやわと胸をもみ上げられ、望海は何度も首を横に振った。

「し、信じない……」

「俺、一途《いちず》なんだ。望海もいい加減気づいてよ……」

熱い舌が首筋に這《は》わされ、夏樹の言葉が途切れた。

長い指は先ほどよりも硬く締まった胸の先を捏《こ》ね回《まわ》し、指の腹で挟み込まれて引き伸ばしながら強く扱《しご》かれる。躊躇《ためら》いのないその動きは、望海には手慣れているようにしか思えなかった。

「んっ……や……はぁ……」

なんとも言えない甘い痺れに堪えきれず、望海の唇からはしたない声が漏れた。

初めてなのにこんなに巧みに服を脱がせたり身体に触れたりできるのだろうか。それにすぐに思考が蕩《とろ》けてなにも考えられなくなるようなキスだってするし、夏樹に経験がないとは思えない。

きっと初めて男性に抱かれる望海を安心させるためにそんな嘘をついているのだろう。

「子どものときから望海のことが好きだったけど、気づいたときには望海しか欲しくなかった。だから望海以外の女に触れたいなんて考えたこともないよ」

もしそれが本当なら嬉しい。しかしそれなら子どもの頃からもっとそれらしい態度をしてくれてもよかったはずだ。いつも困ったときに利用されていたと思うと、彼の言葉のすべてを信じることに躊躇いを感じてしまう。

「そんなの……信じられない……」

「じゃあ、信用してもらえるように頑張るしかないな」

乳首を弄んでいた指が先端をキュッと摘む。

「あっ」

身体が大きく戦慄《わなな》いて、思わず高い声を漏らしてしまう。

「それ、いや……んっ！」

「どうして？　可愛い声だよ。我慢しないでもっと聞かせて」

夏樹はそう言うと胸を愛撫しながら、耳朶をぱっくりと咥《くわ》え込《こ》んだ。柔らかな耳朶が舐めしゃぶられて、舌を耳孔に差し込まれる。

「あ……ン、や、はン……はぁ……っ」

ぬるつく甘い刺激に声が漏れて、次第に息が乱れてくる。

「望海、可愛い」

腰に手を回され横坐《よこずわ》りにされたかと思うと、あごに手がかかり顔を上向かされる。あっと思ったときにはキスで唇を塞《ふさ》がれていた。

「ふ、ぁ……っ」

すぐに熱い舌先が入ってきて、舌が口腔をヌルヌルと這《は》い回《まわ》る。いつの間にか口の中が夏樹の舌でいっぱいになってしまい、息苦しさに首を横に振る。すると角度を変えてさらに深く唇を塞がれ、望海はほとんど真上を向いて夏樹の口付けを受けることになってしまった。

「んっ、ふ……ぅ」

声を漏らしたくないのに、鼻から熱い吐息と共にくぐもった声が漏れる。舌が絡みつくたびに背中がゾクゾクして、つま先まで痺れが広がっていく。

「はぁ……っ」

口の周りは唾液で濡れそぼっているのに、濃厚なキスで頭がぼんやりしてしまいそれを拭うという考えにまで及ばない。

熱い唇は顔中に、まるで大粒の雨のように降り注ぎ、その熱で望海を蕩けさせる。うっすらと瞼《まぶた》をあげると夏樹の顔が間近にあり、今まで見たことのない優しい眼差しで見下ろされていた。

「望海が裸で俺の腕の中にいるなんて、まだ信じられないんだ」

「……」

「俺が好きなのは今までもこれからも望海だけだ。だから望海の初めてを俺にちょうだい」

夏樹の囁くような声が切なくて、心臓がギュッと摑みあげられたように苦しい。夏樹はもっと前からこんな切ない気持ちになっていたのだろうか。

「望海、大好き」

キスで潤んだ眦《まなじり》に夏樹が唇を押しつける。最初は夏樹の唇で触れられることが恥ずかしくてたまらなかったのに、今はその温かさに慣れて、心地よさにうっとりしてしまう。

「望海の全部にキスしたい」

夏樹はそう呟くと望海をシーツの上にそっと抱き下ろし、柔らかな胸をすくい上げてその先端に口付けた。

薄赤く膨らんだ乳首が熱い粘膜で包みこまれて、チュウッと吸い上げられる。下肢に走ったキュンと甘い痺れに、望海の身体が大きく跳ねた。

「これ、好き?」

そんなことを問われて頷けるはずがない。小刻みに首を横に振ると、今度は熱い舌が赤い凝りをねっとりと舐め転がし始めた。

唾液を纏《まと》わせながら激しく舐めしゃぶられて、胸の先端が痛いぐらいジンジンと痺れている。弾力を楽しむように舌で口蓋《こうがい》に押しつけられ、コリコリと凝りを押《お》し潰《つぶ》されて、望海はたまらず声をあげてしまう。

「あっ……ん、や、ンンンッ‼」

シーツに背中を擦りつけて身悶《みもだ》えなんとか快感を逃がそうとしたけれど、強い刺激で身体が跳ねるたびに夏樹に胸を突き出してしまい、もっとして欲しいと強請っているように見えてしまう。

夏樹もそう思っているのか、さらに激しく胸にむしゃぶりつく。

「ねえ、感じやすい人は胸だけでイケるって聞くけど、望海はどうかな？　試してみる？」

そう呟きながらも夢中で胸の先端を交互に吸い上げる。大きな手のひらが胸のふくらみをもみ上げ、柔らかな肉がグニャグニャと淫らに形を変えた。

「や、ン……ダメェ……っ……」

まだイクというのがどんなものなのかわからないけれど、すごく淫らで恥ずかしいことであるのは理解できた。

それについこの間まで幼馴染みで親友だと思っていた夏樹が、夢中になって自分の胸にむしゃぶりついていることも信じられない。夏樹はこんな淫らな姿を見せ合うことに抵抗はないのだろうか。

望海は身体が疼いて声が溢れることも、こうして素肌を晒《さら》すことも恥ずかしくてたまらなかった。それに繰り返し愛撫された乳首が痺れて痛いぐらい感じていてもうやめて欲しかった。

「……あぁ……ん、ん……も、いや……」

わずかばかりの抵抗で夏樹の柔らかな髪に指を差し入れ、頭を押し戻す。すると濡れた唇からぷるんと乳首が飛びだして、唾液にまみれた乳首が空気に晒される。

「あっ」

予想外の刺激に声をあげると、押しのけられた夏樹が脇腹を甘嚙《あまが》みした。

「ひゃっ、ン‼」

「望海は昔からここが弱いよね」

唇でチュチュッと音を立てて吸われたり、歯を立てられているうちにブルブルと腰が震え出す。

夏樹の言う通り脇腹は昔から擽られると笑いが止まらない場所だったが、今夜は擽ったいというより肌が粟立つほどの刺激で身体が震えてしまい、愉悦が全身を支配していく。それに身体の奥から熱いものがとろりと溢れてきて、足の間を濡らしていくのを感じた。

「や、ン……やめ、て……はぁ……ん……」

身悶えるたびに目の前では愛撫で赤く腫れ上がった乳首が揺れて、疼いて仕方がない。

「はぁ……もう最高に可愛くて、ヤバイ……」

夏樹の上擦った声を聞くだけで胸がキュッと引き絞られるように苦しくなった。

「ほら、もう……匂いがする」

なんの？　そう問い掛けるよりも早く太股に手がかかり、両足を左右に大きく開かされる。

「あ」

抵抗するよりも早く夏樹が身体を割り込ませて太股を抱えると、膝を折るようにしてさらに足を大きく開いてしまう。

「や、待って……！　恥ずかしい、から……‼」

慌てて足を閉じようとしたけれど、しっかり押さえつけられた足はジタバタと空を切るだけだ。

「望海、これ俺に感じて濡れてるんだろ？」

秘処に顔を近づけて覗き込んだ夏樹が嬉しそうに呟いた。

「だめ、み、見ないで……っ」

こんな恥ずかしいことにこれ以上耐えられない。自分でもどうしてこんなに蜜を溢れさせてしまうのかわからないのだ。

「はぁ……」

夏樹が熱のこもった溜息を漏らす。

「今まで色々妄想しすぎて、本物の望海を前にしたら、昂奮《こうふん》して頭が変になりそうだ」

「も、妄想って……」

「今まで妄想の中なら望海のことを何度も抱いて啼《な》かせてきたけど、本物は……最高だよ。本物の望海はどこが気持ちいいのかな」

そう言いながらさらに顔を近づける夏樹を見て、無駄だとわかっているのにまた足をジタバタさせてしまう。

「ああ、ピンク色ですごく可愛い。望海も自分で見たことがない場所だ」

「……っ」

あまりの恥ずかしさに無駄だとわかっていても両手で顔を覆ってしまう。夏樹がいやらしいことばかり囁くから、なんだか虐められている気分になってくるのだ。

今までいじめっ子から夏樹をかばうことがあっても、虐められたことはない。もちろん夏樹を虐めたことだってないのにこんなことをするなんてひどい。

でもそう訴えたら、きっと今の夏樹なら可愛がっているだけだのなんだのと言いくるめられてしまいそうだ。とにかく今はこの羞恥から早く解放されますようにと望海が祈ったときだった。

「もう我慢できないな。望海のここ、舐めていい？」

「な……」

頭の中が一瞬真っ白になる。

「すごく美味しそうだ」

「ダメッ！　そんな汚いことしないで……ひぁっ！」

そう叫ぶのは少しだけ遅く、夏樹は望海の足の間に顔を埋めてしまった。

「ひぁっン！」

熱い舌が薄い粘膜に擦れて、その刺激に望海の腰が大きく跳ねる。

「あっ、いやぁ……やめ……あぁ……っ」

両手を伸ばして必死で夏樹の顔を押しのけようとしたけれど、初めての快感に身体が弛緩して腕にうまく力が入らない。

その間にも夏樹の熱い舌が肉襞を一枚ずつ丁寧に舐めあげていく。望海は息を乱しながら必死で夏樹を止めようとする。

「や、ほんと、に……きたな……からぁ……」

「汚くなんてないから安心して。望海の身体なら、俺どこでも舐められる」

そう言ってわずかに望海を見上げた夏樹は愛蜜に濡れていて、そのてらてらと光る唇を見ていたら羞恥で気を失いそうになる。

「や、いや、も……放して……」

涙目でふるふると首を横に振る望海に見せつけるように、夏樹は長い舌で間《あわい》から溢れる蜜を舐め取った。

「んっ」

「ほら、すごく美味しい」

「ばかぁ……も、いやぁ……！」

こんな屈辱的なことをされても逃げ出せないなんてどうすればいいのだろう。

しかも恥ずかしくてたまらないのに、身体は気持ちとは逆の反応をして、膣孔の入口からトロトロと蜜が溢れているのを感じる。気づくと望海は与えられる愛撫にすすり泣きを漏らしていた。

熱い舌を押しつけられるたびに身体が仰《の》け反《ぞ》るようにビクビクと跳ねてしまう。

「ここ？　ここが望海の気持ちがいい場所なんだ」

頷けるわけもなく、ただシーツの上で身体をくねらせる。実際どこに触れられても、どこを舐められても感じてしまうのだから答えようがなかった。

「違うの？　ああそうか」

　夏樹はひとり納得したように呟くと、指で花びらのように重なり合った濡れ襞を割り開く。赤く充血した肉襞の奥から小さな肉粒を押し出すとその場所に熱い舌を伸ばした。

「ああっ！　だめ、そこ……いやぁ……っ……！」

　今までの愛撫だって思考がドロドロに蕩かされてしまうほどだったのに、その小さな場所に舌先が触れた瞬間身体中に電流が流れたように身体が跳ねた。

　痛みに似たヒリヒリとした愉悦に腰が跳ね上がる。その反応に満足したのか、夏樹はさらにその小さな肉粒を舌先で攻め立てた。

「ひ、ぁ……いやぁ……あっ、あっ……んんぅ」

　また身体の奥からドッと蜜が溢《あふ》れ出《で》るのを感じる。

「や、もぉやぁ……だ……」

「まだだよ。望海のここ、いやらしい蜜がどんどん溢れてくる。気持ちいいんでしょ」

　攻め立てられた小さな肉粒がジンジンと痛い。ジュルジュルと音を立てて愛蜜を吸い上げられても抵抗できず、身体中を駆け巡る熱に浮かされて喘《あえ》ぐことしかできなかった。

「……んぁ、はぁ……あぁ……ン……いやぁ……」

　腰が怠《だる》くて自分のものとは思えないぐらい重い。大きな重石《おもし》で押さえつけられているような感じだ。それに少しずつ身体の中で熱が膨らんで、それをどうやってやり過ごせばいいのかわからない。

夏樹は相変わらず望海の身体を舐めしゃぶることに夢中で、淫唇ごと口にくわえ込んだかと思えば、溢れる蜜を舌で舐め取ったりと倦《う》む気配もない。

「すごい。ここ、どんどん硬くなるのわかる？」

夏樹がそう指摘したのは、濡れ襞の奥から押し出された小さな肉粒だ。長い舌が花芯に絡みつき、淫らな舌遣いでその場所ばかりをつつき回す。

「んっ……あぁっ、ン」

花芯は唇で挟み込めるほど硬く勃《た》ち上《あ》がっていて、その場所をチュウッと吸い上げられる。次の瞬間身体に強い快感が走って望海は身体を大きく戦慄かせた。

「あ、あぁ……！」

ビクビクと震える身体はもう自分の意思で止めることができない。さらに強く花芯を吸われて、身体にたまっていた熱が膨らんで弾ける。

目が眩《くら》むような愉悦の波が押し寄せてきて、望海は淫らな喘ぎ声をあげながら夏樹の前で初めて上りつめてしまった。

「……あ……あぁ……はぁ、はぁ……っ……」

快感の余韻でヒクヒクと震える蜜孔に熱い舌がねじ込まれる。達したばかりの身体には刺激が強すぎて、望海は力が抜けた足でシーツを蹴る。

「や、いま、だめ……！」

「どうして？　すごく気持ちよさそうだった。それに女の人は何度でもイケるんでしょ？　たくさんイカせてあげるから望海がイクところ見せて。ああでも舐めてると顔が見えないから今度は指がいいかな」

そう言いながら蜜孔に指を押し込まれて、その圧迫感にまた腰が跳ねてしまう。

「ひぁっ！」

ブルブルと震える身体を抱き寄せられ顔を覗き込まれる。望海は逃げるように首を横に振った。

「待って、本当に……だめ、なの……」

すでに不自然に力を入れていたから、身体のあちこちが痛い。望海が涙目で見上げると、夏樹は一瞬息を呑んだ。

「はぁ……望海、その可愛さは反則」

〝可愛い〟という言葉に顔を赤くした次の瞬間、膣洞に押し込まれていた指が乱暴に引き抜かれ、そのままさらに深いところまで押し戻される。

「ひぁ……！」

夏樹は片手で望海の身体を抱き寄せピッタリと身を寄せると、もう一方の手で抽挿《ちゅうそう》を繰り返す。

「あっ、あっ、あぁ……っ」

「はぁ……その顔……」

頬に息が触れるほど近くで見つめられて、快感と羞恥でどうしていいのかわからない。感じているところを見られたくなくて顔を背けたいのに、身体に回された腕で固定されていて体勢を変えることができなかった。

「あっ……ダメ……また……！」

先ほど感じたゾクゾクとした痺れと身体が高まってくる感覚に泣きたくなる。どうして夏樹にこんな恥ずかしい姿を見せなければいけないのだろう。

「ほら、望海のイクところ見せて」

夏樹は当然の権利のように言うと、望海のあごに手をかけ乱暴に上向かせる。

「や、いや、見な……で……！」

堪えきれず背中を仰け反らせて嬌声《きょうせい》をあげる。夏樹の指はクチュクチュと淫らな音をさせて、何度も隘路《あいろ》を出入りする。

夏樹にこんな淫らな姿を見つめられていると思っただけで、さらに下肢にキュンと甘い痺れが走るのを感じた。

「あ、あ、あぁ……‼」

それ以上は我慢できず、望海は高い声をあげながら再び上りつめてしまった。

「はぁ……はぁ……っ……」

痛いぐらいの快感から解き放たれ、胸のふくらみを揺らして荒い呼吸を繰り返す。夏樹の目がそんな姿もジッと見つめているのを感じるのに、その姿を隠すことにまで意識が回らない。

「感じるのが恥ずかしくて震えてる望海も可愛い。もっと見たい」

夏樹が耳元で熱っぽく囁いたけれど、力なく首を横に振ることしかできなかった。また同じことをされたら本当におかしくなってしまう。

夏樹は女性は何度でもイケると言ったけれど、それはあくまでも例えで、こんなことを繰り返す人はいないのではないだろうか。

「じゃあ中に挿れてもいい？　本当はもう我慢できなくなってるんだ」

声音は甘く優しいのに、内容はとんでもなくいやらしい。夏樹が次にしようとしていることはわかるけれど、身体が言うことをきかない。

「や……いまは、無理……」

手足が重くて思い通りに動かないし、今は瞼すらあげるのも億劫《おっくう》だ。こんなに怠いのに続きをすることなんてできるはずがなかった。

「待ってて」

耳元で囁くと、夏樹が離れていく。気怠《けだる》さで意識を手放しかけていた望海がホッとしたのもつかの間、夏樹はすぐに戻ってきて再び身体を重ねてきた。

「なつき……？」

夏樹がなにをしようとしているのかなんとなくはわかるが、思考に霞《かすみ》がかかっているのかぼんやりとして先がはっきりわからない。

ぼうっとしていると足の間に夏樹の身体が割り込んでくる。両手で足を大きく開かされて、硬いものを押しつけられた。

「……あ」

最初に感じたのは大きな熱だ。押しつけられた長くて硬いそれが夏樹の雄竿だとすぐに理解したが、こんなに大きなものが先ほどの指のように自分の中に入るなんて信じられなかった。

「待って……こんなに、おおきい、の？」

掠れた声で呟くと、夏樹は笑いながら望海の片手を取って、ふたりの身体の間に誘導する。すぐに指に感じた雄竿の感触に望海は小さく息を呑んだ。

「……っ」

指に触れたそれは、大きくて硬い。そして薄い膜の感触に、夏樹が先ほど離れたのはこのためだったのだと気づいた。

避妊具のことなど一ミリも思い浮かべなかった自分が恥ずかしかったが、夏樹がちゃんと望海の身体のことを考えてくれているのが嬉しかった。

「これを望海の中に挿れるよ。ほら、力抜いて」

夏樹が腰を動かすと、望海の手の中で硬くゴツゴツとした雄がビクリと震えた。

「……っ」

「怖い？」

雄芯に添えられた望海の手に夏樹のそれが重なる。

「なるべく痛くしたくないんだけど……俺も初めてだから望海も手伝って」

そう言いながら蜜孔に雄の先端が押しつけられる。相変わらず手は重ねられたままで、望海が雄芯を誘い込んでいるみたいだ。

「……んっ」

くちゅりと小さな音と共に圧迫感を覚えてわずかに腰を引くと、それを追うように夏樹が覆い被さってくる。

「あ……」

手の中の雄竿がぬるりと動いて、熱く濡れたぬかるみの奥へ硬くそそり立った雄竿が押し入ってくる。薄い粘膜を引き伸ばされる痛みに顔を歪めた。

「あぁ……っ!」

「せま……」

夏樹の唇から微かな声が漏れたが、指とは違う異物を受け止めることで精一杯で、言葉の意味まで頭の中に流れ込んでこない。

狭い膣孔は一度で雄竿を呑み込めず、夏樹が何度か浅いところを抽挿しながら少しずつ奥へと押し込もうとする。何度も手のひらを雄竿で擦られて、望海の手もすっかり淫蜜にまみれていた。

「ひ……ん……っ、んんンッ!」

「まっ、て……い、た……っ……」

次第に痛みは強くなって、足の付け根から身体が引き裂かれていくような気がしてくる。

「……ごめ、ん」

我慢できず声をあげると掠れた声で謝ってくれたが、言葉に反して動きを止める気配はない。それどころか身体を押し潰すように広い胸の中に引き寄せられた。

「あン！」

抱き寄せられた勢いでずるりと雄芯が隘路を貫き、一瞬目の前に星が飛び散ったように白いものがチカチカと点滅した。

「あ、あぁ……っ」

一気に深いところまで雄竿で埋め尽くされて、夏樹の身体の下で白い肢体がビクビクと震える。硬い切っ先が最奥にグリグリと擦りつけられて、お腹の奥から強い愉悦がせり上がってきてしまう。

「はぁ……はぁ……ッ……」

気づくと雄竿に触れていた手は夏樹の身体に回されていた。これ以上夏樹が動いたら痛みでどうにかなってしまいそうで、できるならもう一ミリも動いて欲しくない。そんな気持ちで夏樹の身体にしがみついていた。

「はぁ……これ、ヤバイ……」

望海の華奢《きゃしゃ》な身体を掻《か》き抱《いだ》いたまま夏樹が呟いた。

「望海、好きだよ」

耳朶に唇を押しつけながら夏樹が囁く。肌に触れた息の熱さだけで体温が上がり〝好き〟というたった二文字の言葉に身体の奥がキュンと収斂《しゅうれん》した。

「……く……っ、望海、そんなにきつくしないで」

夏樹が苦しそうに呟いたけれど、自分の意思でどうにかできることではない。それでなくても身体の中で夏樹が脈打つのを感じて、どうしていいのかわからないのだ。

「痛い？」

「……うん……」

あまり弱音を吐かない望海が素直に頷いたのを見て、夏樹が申し訳なさそうな顔をした。

「ごめんね、うまくできなくて」

望海は慌てて首を横に振った。別に夏樹に謝って欲しいわけではない。ただ、辛いということをわかって欲しかっただけだ。

望海は恐る恐る頭をもたげて夏樹の顔を見上げた。

「あの、大丈夫だから……みんな、最初は痛いって……」

どうして夏樹を励ましてしまうのだろう。やはり幼い頃から繰り返しているから、身体に染みついているのだろうか。

「それでも俺は望海に痛い思いをさせたくなかった」

「うん」

小さく頷くと、夏樹がゆっくりと頭を下げて口付けてくる。

何度も角度を変えて唇を重ね合わせて、触れられるたびにその心地よさにうっとりとしてしまう。

「はぁ……」

溜息で開いた唇から、夏樹の長い舌がするりと入り込んだ。口腔の奥深くまで舌が辿《たど》っていく。その動きを頭の中で想像しただけで身体がゾクゾクしてしまうのを止めることができなかった。

「んふぅ……ん、はぁ……ん……」

敏感な舌が擦り合わされるたびにその快感に無意識に鼻を鳴らしてしまう。お互いの舌を絡め合い、溢れてきた唾液を必死に飲み下す。

「はぁ……のんちゃんは口の中まで気持ちいいね」

のんちゃんと呼ばれて、いつものように甘えられているような気持ちになる。夏樹が望むなら好きなことをさせてあげたい、そんな気分になってしまうのだ。

絡み合った舌も、重なり合った身体も、すべてが熱くてたまらない。触れあっている場所すべてが溶け合ってひとつになってしまいそうな気がした。

夏樹がゆっくりと腰を揺らし、膣洞を広げるように腰を押し回す。まだ痛みを感じたけれど、それよりも甘い刺激の方が勝ってしまう。

「あ、はぁ……っ……ん、ん……」

望海の唇から嬌声が漏れ始めたことに安心したのか、次第に律動が激しくなり、脈打つ太い雄が淫らに震える隘路を押し開く。

「ひぁ……ぅ、あ、あぁ……ン……」

抽挿を繰り返されているうちに、隘路がヒクヒクと震えてお腹の中で快感の熱が大きくなる。無意識に足に力が入ってしまい、意図していないのに腰がグッと持ち上がる。まるで自分から雄竿を奥まで受けいれようとしている仕草に見えたが、望海は自分がそんな淫らな動きをしていることに気づいていなかった。

「望海の中……いやらしくうねって、ヌルヌルしてる……はぁ、気持ちいい」

夏樹は行為に夢中になっていて、無心に腰を振り隘路をかき乱す。動きが大きくなって、気づくと望海の未熟な膣洞が激しく突き上げられていた。

ずるりと蜜にまみれた雄芯が引き抜かれたかと思うと、次の瞬間淫唇を巻き込みながら膣洞へ押し戻される。何度も突き上げられて、蜜孔からはグチュグチュと卑猥《ひわい》な音を立てながら愛蜜が止めどなく溢れていた。

「や、そんなに、突かない、で……おく、おかしい、から……ッ……」

自分でも膣壁がビクビクと震えているのを感じる。夏樹の雄を咥え込んで逃げないように締めつけているようで、恥ずかしくてたまらなかった。

自分の意思じゃない。そう言いかけた唇は夏樹の深い口付けに遮られてしまう。

「望海、好きだ」

もう今日だけで何度囁かれたかわからなくなったが、何度聞いても胸を苦しくする言葉だった。

「や、も……言わないで……っ……」

もうすでに顔は真っ赤なはずなのに、さらに頬が熱を持つ。恥ずかしさに顔を隠そうとする両手を押さえつけ、夏樹が嬉しそうに顔を歪めて覗き込んできた。

「望海可愛い。そうやって感じてる顔も、たまんない」

言葉と共にチュッと頬に口付けられて、恥ずかしくてたまらない。いつも可愛いのは夏樹で、自分はそんな言葉をかけられるようなタイプではないのだ。

「ば、ばか……！　夏樹のくせに……っ……」

いつものように強く言い返したいのに、舌がうまく回らない。快感でグチャグチャにされて、鼻を鳴らすような甘えた声にも羞恥心が煽《あお》られてしまう。

こんな顔を見せたくないのに、両手を摑まれているせいでそんな簡単なことすらできない。

「こんなの……わたし、じゃな……い……」

快感で潤んだ目で見上げると、夏樹が小さく息を呑む気配がした。

「感じて……そんなにトロトロになってるのにまだそんなこと言えるんだ」

「いやっ。バカバカ、見ないで」

拘束を解こうと腕を振り回すと、細い手首をひとまとめにして頭の上に押さえつけられてしまう。

「ダメだよ。望海が俺でイクところちゃんと見せて」

「ひゃぁっ！」

ぐるりと大きく腰を押し回されて望海の華奢な身体が跳ねる。夏樹は望海の手を押さえつけたまま、もう一方の手で足を肩の辺りまで抱え上げる。

「あ、あっ……」

ぐちゅんと奥まで雄竿をねじ込まれて、雁首が飛びだす限界ギリギリのところまで引き抜かれる。何度も最奥まで突き上げられて、淫らな喘ぎ声をあげて快感に耐えることしかできなかった。

「んぁ……はぁ、あっ、あぁ……」

両手を押さえつけられて自由がきかない。いつも庇護しているつもりだった夏樹に翻弄されるのはある意味屈辱的なのに、望海の身体はそれに反して愉悦に震えていた。

「いやぁ……」

羞恥のあまり半べそをかいてしまう。それなのに夏樹は望海が恥ずかしがれば恥ずかしがるほど嬉しそうな顔になっていくのだ。

「はぁ……望海のその顔、ずっと見てたいんだけど、もう限界」

望海が涙を零しながらながら嬌声をあげていると、夏樹が悔しそうに呟いた。

「も、少しだけ、頑張って、ね……」

不自然に声に力が入っていて、息遣いも荒い。きっと夏樹も弾けそうな熱を感じているのだと思ったときだった。

押さえつけられていた手首が自由になるとすぐ、今度は両足を大きく開かされて頭を深く抱え込まれてしまう。

「あぁっ」

たがが外れたように腰を振りたくられ、クラクラと眩暈《めまい》がしてくる。一瞬頭の中に動物の交尾の姿が浮かんで、今の自分たちはまさしくそれだと思った。

本能のままに、ただ快感のために身体を求め合うなんて獣そのものだ。今まで子犬のようだった夏樹が獣に変身したのだから、本当に動物の交尾と同じだった。

何度目かわからなくなった深い突き上げに目の前が真っ白になる。身体が一瞬ふわりと浮いた気がして、次の瞬間身体が激しく痙攣《けいれん》し、そのままどこかに突き落とされた。

「あっ、あっ、あっ……あぁぁっ……！」

もちろん突き落とされたのは望海の錯覚だが、身体がガクガクと震えてぐんぐんとどこかに落ちていく気がして怖い。するとその身体を現実につなぎ止めるように、望海を抱きしめる腕の力が強くなった。

「くっ……！」

息を詰める声が聞こえて、望海の中で夏樹の雄竿がビクンビクンと大きく脈打つ。熱いものが確かに吐き出されるのを感じて、望海は身体の力を抜いた。

全身が弛緩してしまい、夏樹の身体に回されていた腕がずるりと落ちてしまう。

隘路から肉竿を引き抜いた夏樹が抱きついてきても、大人しくされるがままになっていた。もう自分で身体を動かすのも億劫だったし、なによりいつの間にか夏樹に抱きしめられることが心地よくてたまらなくなっていた。

「のんちゃん、ちょっと休んだらもう一回させて。初めてで気持ちよくなかったかもしれないけど、今度はちゃんとするから」

夏樹がとんでもないことを耳元で囁いたけれど、今は少しでも休みたくて大人しくその腕の中で目を閉じた。

〝初めて〟と夏樹が何度か口にしたのは、本当だったのだろうか。もしそれが本当なら、夏樹は自分だけをずっと思ってくれていたのだろうか。

そのことを問《と》い糾《ただ》したいのに、意識が朦朧《もうろう》としてきてしまい言葉が出てこない。明日、目が覚めて頭がすっきりしたら聞いてみよう。

望海はうとうとしながらそんなことを考えていた。

7

夏樹と正式に付き合い出してから、望海の毎日は大きく変わった。

もともとトレジャートイに入社して、一人暮らしを始めて大きく生活が変わったばかりなのに、夏樹が恋人という要素が加わるとなんとなく気持ちがそわそわして落ち着かない。

常に夏樹と一緒にいるというのも擽ったくて、気持ちに余裕がなくなるというか、いつも胸の奥がザワついている感じがするのだ。

仕事に差し支えるからしばらくは職場や両親に交際していることは内緒にするという約束を取り付けてはいるが、夏樹は人目がないところでちょっかいをかけてくる。

用もないのに前室に顔を出し、忙しいのに話しかけてくるのだ。

「望海、今日の夕飯はなんにする？　肉？　魚？　あ、せっかくだから辛いものとか」

「……」

「ね。望海、辛いもの好きでしょ。そうだ、韓国料理の店に行こうか。望海と行ったことないよね」

「……」

「ね～ね～次の休みは実家に帰るの？　どこか遠出しない？」

「……」

「俺は泊まりでも嬉しいけど。そうだ、房総《ぼうそう》に親父の友人の旅館があるんだけど、温泉でゆっくりするっていうのも悪くないね」

もちろんあくまでも仕事の合間のちょっとした時間なのだが、時間があればこうして望海のそばにやってくる。あれこれ話しかけてくる様子は、望海に頼み事をしていたときの子犬モード再びだ。

「……仕事中です」

あまりにしつこいのでピシャリと言うと、夏樹が子どものように頬を膨らませた。

「冷たい。望海は彼氏に冷たすぎる」

「だって、仕事中でしょ」

「時計見て」

夏樹が指さした壁の時計はいつの間にか退社時間を過ぎていた。

「今はそうかもしれないけど、夏樹がこの部屋に来たときは間違いなく就業時間中でした！」

「そこはほんの少しぐらい大目に見てよ。ほら、今日は急ぎの仕事ないでしょ。早く帰ろう」

今すぐにでも手を握ってオフィスを出て行きそうな勢いだ。

夏樹とふたりで過ごす時間を大切にしたいとは思うけれど、この昼も夜もずっと一緒にいる、夏樹流に言うとイチャイチャすることに戸惑いがある。

今は夏樹のことをちゃんと好きだと思えるし、恋人同士になれて嬉しいとも感じている。一緒にいるとドキドキすることが多いけれど、そのたびに自分はやっぱり夏樹のことが好きなのだと実感していた。

ただこんなにも夏樹の気持ちを受け入れていたら、この幸せな気持ちに溺れてなにも見えなくなってしまいそうで怖い。

今更逃げ出すつもりはないけれど、できれば自分を保つためにせめて会社内だけでも夏樹とは適度な距離を保ちたいと思ってしまう。

「夏樹は先に帰って。このメールの返信だけして帰るから」

「メール？」

夏樹が訝しげな表情でディスプレイを覗き込む。

「ああ、これなら明日でいいじゃないか。せっかく定時で帰れるんだから行こうよ」

そう言うと望海の手からマウスを奪い取りパソコンの電源を落としてしまった。

「もう！　勝手なことしないで！」

「ほら、そんな顔しないで」

夏樹はそう言うと顔を寄せて望海の唇にチュッと音を立ててキスをした。

不意打ちのキスにフリーズしてしまった望海を見て、夏樹がクツクツと喉を鳴らす。

「その顔、可愛い」

夏樹は動けない望海を椅子から立ちあがらせると自分がその場所に収まる。それからもう一度望海を引き寄せると、自分の膝の上に横坐りさせた。

「ちょっと！」

「望海が可愛いからキスしたくなった。ちょっとだけ付き合って」

呟きと共に唇が塞がれて、その柔らかな刺激に望海も思わず目を閉じてしまった。

キスぐらいなら――そんな考えが頭の隅にあったことは認めるが、気づくと夏樹の淫らな舌の動きに夢中になって、頭をもたげて口付けを受けて入れてしまった。

「ん……はぁ……」

ヌルヌルと擦りつけられる舌が気持ちよくてたまらない。オフィスというシチュエーションも背徳感を煽り、さらにふたりの官能を高めていく。

夏樹の手がブラウスの上から胸のふくらみを弄《まさぐ》り、長い指がボタンをふたつ外す。止める間もなく合わせから手が入ってきて、ブラの間に手を滑り込まされた。

「もう勃ってる」

唇の隙間で夏樹が呟く声を聞いて望海は羞恥に顔を赤くした。言葉通り夏樹の手のひらの中で乳首が硬く凝っていて、円を描くように転がされる。

「ンッ……！」

口の中までビクビクと震えて、夏樹はそれすら楽しむように口腔に舌を擦りつけた。

「わかる？　どんどん硬くなる」

指先で胸の先端を摘まれ、指の腹でクリクリと捏ね回されて下肢に甘い痺れが走った。

「……ふ……ぅン……」

「もうこっちも……我慢できないでしょ」

胸を捏ね回していた手が、今度はスカートの裾から潜り込んで下肢に触れた。

下着とストッキングの上から感じやすい場所をグリグリと擦られて、身体の奥からじわりと蜜がにじみ出すのを感じ、望海は太股を擦り合わせる。

「ダメ……夏樹」

どこかで夏樹を止めないと大変なことになる。

身動《みじろ》いで夏樹の上から飛び降りると、腰に腕を回されスカートをたくし上げられてしまう。

抵抗する間もなくストッキングと下着を太股の半ばまで引きずり下ろされ、再び膝の上に座らされていた。

「ああ、遅かったね。下着がぐっしょりだ」

確かに下着はしっとり濡れてしまっていて、このまま帰るのは不快だろうと想像がつく。

「……っ！　夏樹が触るから！」

こんなに簡単に反応してしまう身体が恥ずかしい。

「望海が感じすぎるんだよ」

夏樹の手が再び足の間に触れて、望海がジタバタと足を動かした。ぬるりと夏樹の指が間を上下して、甘い刺激に背筋をブルリと震わせてしまう。

「待って……ここじゃ！」

「大丈夫。最後までしないから」

大丈夫なはずがない。そう言い返そうと思ったのに、なんの準備もしていない隘路に太い指をねじ込まれて嬌声をあげてしまう。

「ひぁっン‼」

「ほら、望海のここ硬くなってる」

隘路に指を咥え込まされたまま、硬い親指の腹が肉粒をコリコリと擦る。

「あぁ……っ！」

思わず高い声をあげてしまい、夏樹の胸にしがみつく。

「わかるでしょ？　俺の指が気持ちいいから勃ってるんだ」

「や……ダメだってば……あ、ンンッ！」

長い指でグチュグチュと隘路を掻《か》き回《まわ》され、同時に感じやすい粒を押し潰されてはひとたまりもない。望海は声を堪えることも忘れて嬌声をあげながら達してしまった。

「はぁ……はぁ……ん、ん……」

散々指で掻き回されたせいで愛蜜は夏樹の指や手のひらまでぐっしょりと濡らしている。まだ震える膣洞からゆっくりと指が引き抜かれると、さらに蜜が溢れ出し、夏樹の袖を濡らしてしまう不安に小さな声をあげた。

「あ……」

次の瞬間、足の間に素早く布があてがわれる。それは夏樹がポケットから取り出したハンカチで、ピンとアイロンのかかった白い布に愛蜜が染みこんでいく。

まだ足に力が入らず大人しくしていたが、ハンカチでこんな場所を拭われるなんて、新たな恥ずかしさに俯いてしまう。

「下着汚しちゃったから、帰らないとダメだね。食事に行こうと思ってたんだけど」

一瞬自分が粗相をした気持ちになったが、考えてみればこんなところで身体に触れた夏樹が悪いのだ。途中から自分も夢中になっていたのを棚に上げ、夏樹を恨めしげに見上げた。

「……ちょっとキスするだけって、言ったのに……」

「望海の反応が可愛いから我慢できなくなったんだよ。そんなエッチな顔をする望海が悪い」

たとえ望海の顔がいやらしかろうと、夏樹が制御してくれればこんなことをしなくてよかったはずだ。

「もぉ……夏樹なんて信用しないから……」

「今度は俺が替えの下着を用意しておくからそんなに怒らないでよ」

「今度はありません‼」

替えの下着が必要になるようなことをオフィスでしなければいいのだ。

夏樹は恨みがましい望海の視線ももののともせず、下着とストッキングを穿《は》かせると、ブラウスのボタンをきっちりと締める。

「はい。できた」

優しく膝の上から抱き下ろされたけれど、まだ足が震えてしまう。嫌だと思いながらこんなにも感じさせられてしまったことが、夏樹に負けたみたいで悔しい。もちろん夏樹は勝ち負けなど意識していないと知っているけれど、それでも悔しくてたまらなかった。

「もう絶対こんなことしないでね！」

悔し紛れにそう言うと、夏樹は笑顔で首を横に振る。

「無理。望海を前にしたら我慢なんてできないし」

「少しは悪びれなさいよ！」

「だって悪いことしたと思ってないし」

夏樹は涼しい顔でそう返すと、わずかに乱れていた自分の服を整えた。

「さ。帰ろうよ。バッグ持って」

本当はもう少し残るつもりだったのに、さすがにこのまま仕事を続ける気にはなれない。

望海は仕方なく頷いて、デスクの一番下の引き出しからバッグを出すために前屈《まえかが》みになった。すると夏樹が覆い被さるように耳元に唇を寄せてきた。

「帰ったら続きしたいな。俺も早く望海の中に入りたい……いいでしょ？」

口調こそいつものお願いモードだが、熱い息が耳孔に入り込んで背筋がぞわりとしてしまう。またなにかされそうな淫靡《いんび》な空気を感じて、望海は夏樹からバッグを抱えて立ちあがった。望海は少しでも夏樹から離れようと、バッグを抱えて飛び退《との》いた。

「……もうっ、近い！」

「そんな冷たいこと言わないでよ。俺はずっと望海とくっついていたいのに」

社内でのスキンシップを認めてしまうことになる。

　ついさっきまで抱き合ってキスをしていた身で説得力がないが、このままではなし崩しに
「社内ではダメ！」

「これからは会社でキスは禁止！　仕事とプライベートはきっちり分けるからね！」

　望海が少し強い口調で夏樹を叱りつけたときだった。

　扉を叩く音がして、望海はその場で飛び上がりそうになった。

「失礼します」

　ノックの主は村井で、望海は心臓がバクバクするのを感じながら笑顔を浮かべた。

「ゆ、優香里さん！　お、お疲れさまです‼」

「よかった。まだ残ってたのね。明日のスケジュールで確認したいことがあって、時間大丈夫？」

「もちろんです。常務、お疲れさまでした！」

　夏樹を待たせておくのもおかしいのでとりあえず送り出す。付き合っていることは内緒にする約束は守ってくれているようで、夏樹は村井と望海にねぎらいの言葉をかけて先にオフィスを出て行った。

　すぐに村井と明日のスケジュールついての変更点を確認したが、話に耳を傾けながらもし

あと五分早く彼女がこの部屋のドアを叩いていたらと思うとゾッとする。

廊下から前室に繋がる扉は基本鍵をかけていないから、秘書室の人間ならノックをして村井のように気軽に入ってくることができる。それどころか、もしあの最中に誰かが扉の前を通りがかったら声にだって気づかれていたかもしれない。

確認はすぐに終わり望海もすぐにオフィスを出ると、夏樹からメッセージアプリに駐車場で待っていると連絡がきていた。

こうして夏樹の車で一緒に帰るのも、これからはやめた方がいいのかもしれない。幼馴染みとしてなら問題ないが、その事情も一部の人以外には伏せられているのだから、おかしな噂が流れては困る。

ただでさえ夏樹は女性に人気があるのだから、望海に余計なやっかみを向けられたりでもしたら仕事に差し支えるだろう。

どちらにしても夏樹に二度とオフィスであんな淫らなことを許してはいけない。ふたりきりにならないというのは業務上無理だが、こちらが隙を見せなければキスを避けるぐらいは容易だろう。

さっそく夏樹にも釘を刺しておかないと。望海は決意を固めながら待ち合わせの駐車場へと向かった。

しかし実際に夏樹を押さえつけるのは大変で、隙あらば社内でイチャイチャしようとするので、ふたりきりの時間は気の休まる隙がない。

たとえば社用車で外出をするときなど運転手付きの車を利用するのだが、打ち合わせをしながら移動の最中、当たり前のように書類を持つ望海の手に自分のそれを重ねてギュッと握りしめてくる。

開いたパソコンの下で太股を撫でるなんてこともやってのけるので気を抜けない。こちらはミラー越しに運転手に悟られるのではないか気が気でないのに、夏樹は慌てる望海の顔を見てしてやったりの表情を見せるのだ。

仕事中ですらこの調子なので、望海のマンションで過ごす時間は四六時中くっついてきて、離れる時間はトイレと食事のときだけだといっても過言ではない。

ソファーに座るときは必ず身体がくっついているし、なんなら夏樹の膝の上が望海の指定席で、ずっと抱きしめられている。当然ベッドまでたどり着けずソファーの上で抱かれるのは日常茶飯事《にちじょうさはんじ》で、家中どこにいても夏樹が触れてくるので気が休まることがなかった。

一緒に料理をしていたはずなのに気づくとシンクの縁に掴まって後ろから激しく突かれていたし、お風呂からなかなか出てこない夏樹を寝てしまったのかと心配して見に行ったら、そのままお風呂に引き込まれて抱かれたこともあった。

夏樹曰《いわ》く、

「好きな子とセックスするのがこんなに気持ちいいと思わなかった」

ということらしいが、そんなときの夏樹は子犬のような顔をして強請ってくるのに、実は中身は盛りのついた雄犬だから質が悪い。

要するにすぐに騙される望海が悪いのだが、昔から染みついてしまっているクセで、どうしても夏樹に強請られると断り切れない自分がいた。

プライベートのときに夏樹の希望を聞くことでなんとか仕事は切り離すようにしていたが、とにかく望海の負担が大きかった。

もちろん夏樹と過ごすのは悪いことばかりではない。

毎日「好きだ」と囁かれるのは擽ったいが、言葉以外にも態度や仕草で気持ちが伝わってきて、大切にされているという安心を感じることができた。

そう考えると今までちょっと付き合ったと思っていた人たちは、友だちか知人の延長で、交際したうちには入らなかったと思えてくる。

元彼には申し訳ないけれど、夏樹とは手を繋ぐだけでキュンとするし、キスなんてしたら胸がいっぱいになるし、もっと続きがしたくてドキドキするが、元彼といてそんな気持ちになったことがない気がする。

そう思えるのは夏樹のことを好きだからだと頭でわかっていたけれど、それを夏樹が口にするように気軽に伝えることはできなかった。

一応付き合っているのだから望海の気持ちはわかってくれているはずだが、いつまでも気持ちをはっきり口にしない自分は卑怯《ひきょう》だと思うときもある。

夏樹は望海以外好きになったことがないと言うが、もしそれが本当なら嬉しいと同時に、その気持ちが重いと感じてしまう自分もいた。

恋愛はお互いのバランスが大事だというが、夏樹の気持ちが大きすぎて、いつか押し潰されてしまうのではないかと心配になってしまう。

「望海、明日の営業企画との打ち合わせの件だけど」

自分のオフィスから出てきた夏樹が、デスクに座る望海に背後から覆い被さってきた。

「抱きつかない！　名前で呼ばない！」

慌てて振り払ったけれど、怒られ慣れている夏樹はニヤニヤしながら両手をあげて望海から離れただけだ。

「もう！　何度も言ってるけど、社内では恋人じゃないの！　他人‼」

「他人は言い過ぎでしょ。俺の専属秘書なんだし」

「普通の常務は秘書に抱きついたりしません！」

厳しく言って睨みつけたけれど、夏樹はちょっと肩を竦めただけで、望海の言葉などたいして響いていないように見えた。

いつも自分ばかり気にしていてバカらしくなってくると思いながら溜息をついた。

「それで？　明日の打ち合わせのなにが聞きたいの？」

「あ、ええとね……」

真面目に仕事の話をしているときはキリリとして尊敬できる上司だが、ふたりきりのときにスイッチが入ると子どもみたいだ。

夏樹がパソコンの画面を覗きながら肩を抱こうとしてきたので、その手をピシャリと叩く。

「はい。探してたのはこのデータですよね。今共有データとして送りましたから、自分の席で見てください。ほら、さっさと席に戻る！」

しっしっと追い払う仕草をすると、夏樹が悲しそうに肩を落とした。もちろん望海の気を引くための演技だ。

「望海は冷たいな。俺はこんなに望海のことが好きなのに……」

渋々望海から離れると、チラリと振り返ってそう呟いたけれど、いつもの夏樹の手口なので聞こえないふりをした。

8

柳瀬たち営業企画部が手がける企画は佳境に入っていて、役員に向けてのプレゼンの日程まであと数日というところにまで来ていた。

営業企画とのやりとりは頻繁に行われていて、夏樹も意見を出すだけでなくプレゼンに参加するであろう重役にそれとなく根回しをしたり、予め感触を探ったりしていたらしい。

今日の打ち合わせはそのプレゼンのリハーサルのようなもので、これまで夏樹と営業企画がやりとりしてきた集大成だ。

望海もやりとりの内容は知っていたけれど、実際できあがってきたものはブラッシュアップされて、最初の打ち合わせのときよりわかりやすく、より魅力的なものになっていた。

この企画が通ったら、絶対に自分もさくらちゃんの全国キャラバンを見に行こうと密《ひそ》かに決意してしまうほど、ワクワクする仕上がりだった。

今回のプレゼンは営業企画の別グループや上司も呼ばれていて、活発に感想や意見が飛び交う様子を夏樹の後ろで見ていたが、色々見聞きしていたせいか、自分もプロジェクトの一員になった気分だ。

「常務、今日はお忙しいところお時間をいただきありがとうございました」

会議を無事に終えた柳瀬が夏樹のそばにやってきた。

「柳瀬さん、今日はお疲れさまでした。いい仕上がりですね」

「そう言っていただけると嬉しいです。今回は大きな企画なので常務の助けがなかったらここまで来ることができませんでした。改めてありがとうございます」

「僕はちょっと意見を出しただけで、これは営業企画の皆さんの努力ですよ」

ふたりが握手を交わすのを見て、改めて夏樹のそばにはこういう人が必要で、これから彼を支えてくれるのは柳瀬のような人なのだと思った。

「常務、少しいいですか？」

企画営業の部長に声をかけられ、夏樹は柳瀬に視線で断りを入れてからそちらに顔を向けた。

「待山さん、今大丈夫ですか？」

柳瀬に囁かれて、夏樹が部長と話し込んでいる様子を確認してから頷いた。

「どうしました？」

「いや、今回は待山さんにもすごくお世話になったので改めてお礼が言いたくて。ありがとうございました」

「そんな！　私は書類を届けるとか、誰にでもできるようなことしかしてませんから！」

わざわざ望海にまで礼を言ってくれると思わなかったので恐縮してしまう。

「本番、うまく行くといいですね！」

「ええ。皆やる気漲《みなぎ》っていますからきっと大丈夫ですよ」

自信たっぷりの柳瀬の言葉に、望海も笑顔を返した。

父の会社で働いていたときは、こんなふうに皆で協力してなにかを作り上げるようなことはなかった。

トレジャートイで自分がなにかをなし得たという実感はないけれど、企画の一員になったようで楽しかった。

「頑張ってください！」

望海がグッと拳を握って笑いかけたときだった。

「あの、待山さんにお願いがあるんですが」

「はい、なんでしょうか」

改まった柳瀬の口調を訝りながら耳を傾ける。

「明後日のプレゼンが終わったらお疲れさま会をしませんか？」

「え？　あ、はい」

お願いだと言うから身構えていたけれど、お疲れさま会だと聞き驚いてしまう。望海が嫌がるとでも思ったのだろうか。

「もちろん喜んで参加させていただきますね」

「よかった。じゃあ時間と場所はあとでメッセージ送りますね」

「はい！」

柳瀬はすぐに他の社員に呼ばれて行ってしまったが、改まって言われた割にたいしたお願いでなかったことが心に引っかかる。

なにを期待していたわけでもないが、あっさりとした内容にがっかりしたというか、肩透かしを食らったような気持ちになった。

「そういえば、柳瀬さんとなんの話をしていたの？」

他の部の人と一緒にエレベーターを待っている最中だったので、秘書モードで口を開く。

「また打ち上げをしましょうっておっしゃっていました」

「ああ。企画が通ったら、どこかこちらで一席設けてもいいね」

「はい。お店、見繕っておきますね」

夏樹も自分が関わったプロジェクトだから思い入れがあるのだろう。早めに店を探しておいて、柳瀬から連絡がきたらいくつか提案できるようにしておいた方がよさそうだ。

その後プレゼンは無事に行われて、なんと重役満場一致で今回の企画を進めることになったと夏樹から聞かされた。

柳瀬から連絡がきたのはその翌日で、突然今日の夜の時間を指定され会いたいと言われた。

いきなり当日の連絡には驚いたが、予め打ち上げについての打ち合わせをしておきたいのだろうと納得する。幸いなことに夏樹も夜の会食に出掛ける予定があり望海のスケジュールは空いていたので、応諾の返事を送った。

夏樹を見送ったあと仕事を片付けて、定時にオフィスを出る。

柳瀬とは会社のそばのホテルやレストランなどが入った大型複合ビルで待ち合わせをしていて、案内されたのはその中に入ったお洒落な和食居酒屋だった。

てっきりカフェかどこかに入ると思っていたので、戸惑ってしまう。外で会うといっても小一時間ぐらいだろうから、夏樹には特になにも伝えていなかったが、柳瀬とふたりで食事をしたと言ったらヤキモチを焼くかもしれない。

まあやましいこともないのだから事後報告でかまわないだろうと思いながら店に足を踏み入れた。

とりあえずビールを頼みメニューを覗くと、高級居酒屋のお値段で、普段望海が地元で行く幼馴染みの店やチェーンの居酒屋とは格が違う。

「ここは炉端焼きスペースがあるので焼き物が美味しいですよ」

確かに焼き鳥から海鮮、野菜巻きなど焼き物の種類が多く、すべてが美味しそうに見える。それに最近は夏樹としか食事をしていなかったから、柳瀬と差し向かいというのは新鮮だった。

「素敵なお店をご存じなんですね。私は今まで地元の店ばかりだったので、流行のお店とかに疎《うと》いんですよ」

「ここは前にうちの部の女性社員に連れてきてもらったんです。本当はもっと素敵なお店を予約したかったんですが、当日だと難しくて。すみません」

柳瀬が申し訳なさそうに頭を下げた。

「とんでもないです！　私、焼き物大好きです！」

「そう言ってもらえると嬉しいな」

お酒のせいか柳瀬の口調も少し砕けてきて、望海もいつもより気を緩めて柳瀬との会話を楽しんだ。

いきなり呼び出され、カフェで話をすると思っていたのに食事に案内されたときは、正直ふたりきりなので躊躇してしまった。しかし柳瀬に特別な意図はないようで、会話は仕事のことや夏樹のことばかりだ。

新川常務がこう言っていたとか、新川常務のアドバイスでこうしたとか、そんな会話ばかりで、どうやら柳瀬は年上なのに夏樹を尊敬してやまないようだ。

「柳瀬さんとなつ……新川常務は前からお付き合いがあったんですか？」

「いえ、常務があちこちの部を回られているとき営業企画にいらっしゃったんですが、そのときから一般社員とは違うなって思ってて。だから僕が一方的に常務に思い入れがあるっていう……まあファンですよね」

柳瀬はそう言って笑ったけれど、ますます望海の中で彼の好感度が上がった。

「新川には反対派の方もいるので、柳瀬さんのような方がいてくださるとホッとします。これからも新川をよろしくお願いします」

望海は改めて深く頭を下げた。

「いやだな、頭をあげてください。若い社員はみんな新川常務に期待していると思いますよ。将来的には社長になる方ですし、昨日のプレゼンでは他の重役の方も常務に期待しているって空気でしたから」

「そうなんですか？」

夏樹はいつもオジサンたちに囲まれて、会議のたびに味方がいないとぼやいている。

「今回も常務の根回しがあったからこそ満場一致で承認をもらえたんですから」

言われてみればその通りだ。根回しをするのならそれなりにお互いを信頼していないと成り立たないし、思っているよりも夏樹の敵は少ないのかもしれない。

「さあ、待山さん。次はなに飲みます？」

「ええと……じゃあハイボールを」

「僕も同じもので」

店員にオーダーを伝える柳瀬を見て、ふと先日のリハーサルのことを思い出した。

「そういえば、私、この間の打ち合わせの日まで、てっきり柳瀬さんがプレゼンを仕切るんだと思ってました」

最初に夏樹に企画の提案をしてきたときは柳瀬がメインで説明していたので、ずっと柳瀬が重役プレゼンを担当するものだとばかり思っていたのだが、別の女性社員がメインで話をしていたので驚いたのだ。

「さくらちゃんシリーズのメインターゲットはやっぱり女性だからね。まさに今回のキャンペーンのターゲットと被る彼女たちに話してもらった方がリアリティもあって、熱意も伝わると思ったし、インパクトがあったでしょう？」

望海はその通りだと何度も頷いた。

「私、異業種にいたので、こういう皆で作り上げる感じがすごく楽しかったし、勉強になりました。これからも色々教えていただけると嬉しいです」

「こちらこそ」

柳瀬は営業企画の人間だけあって話題も豊富で、店に着いたときはふたりきりであるのを警戒していたのが嘘のように話が弾む。お酒の力もあって、まるで昔からの友だちのように盛り上がった。

「そういえば新川常務が手がけている版権の件はどうなりました？」

「ああ、あれならかなり話が進んでるみたいです。私はメールのやりとりを仲介してるだけなんですけど、契約書の話になってました」

メールで英語のやりとりをしながら契約書を拾い読みしているので、なんとなく夏樹たちがどんなやりとりをしているのかは理解していた。

「へえ。うちもかなりいい条件を提示してるんでしょう？」

「そうみたいですね。私はあまり版権に対してのパーセンテージの相場がわからないんですけど」

「そうかぁ……たとえばですけど」

柳瀬が丁寧に版権を買うときの相場や一般的な契約条件などを説明してくれ、望海はなるほどと頷いた。夏樹が忙しそうであまり契約の内容について詳しく聞いたことがなかったからとても勉強にある。

「楽しみだな。市場として大きいから独占ならかなりの売り上げも期待できますね」

「ええ。人気コンテンツですし、実は日本でも新作映画の公開予定が決まってるので、これが決まったらかなりのメリットがあると思います」

夏樹が会社の売り上げに貢献できる契約を取れるなら、反対派の当たりも弱まるはずだ。皆の信頼を勝ち得るために頑張っている夏樹が、少しでも報われて欲しかった。

家まで送るという柳瀬を断って、タクシーでマンションに戻ると、エントランスのところに人影を見つけた。シルエットを見てまさかと思ってスロープを駆け上がるとやはり夏樹で、望海を見つけるとホッとしたように表情を緩めた。

「夏樹！　どうしたの？　こんな時間に」

「会食の帰りに寄るかもって言っただろ」

夏樹は不機嫌な顔で言うと、手首を掴んで望海を胸の中に引き寄せた。

「なに？　どうしたの？　酔ってる？」

ぎゅうぎゅうと抱きしめてくる夏樹は少しお酒の匂いがする。アルコールに弱くないはずなのに、今日はどうしてしまったのだろう。

「酔ってない。のんちゃんがいないから心配しただけ」

久しぶりにのんちゃんと呼ばれて、望海は夏樹が甘えたいのだと気づいた。

「合鍵持ってるんだから、中に入って待ってればよかったのに」

しがみつくように抱きしめてくる夏樹の背中をハタハタと優しく叩いてやると、やっと腕の力が緩んで夏樹が顔を見せた。

「のんちゃん、どこに行ってたの？」

拗ねた子どものように目の中を覗き込まれて、苦笑いが浮かんでしまう。

「急に柳瀬さんに誘われて、一緒に食事しただけだよ」

「そんなの聞いてない」

「だって、今日誘われたんだもの。夏樹に言う機会がなかっただけで、やましいことがあって隠してたわけじゃないからね」

夏樹のことだから、柳瀬とふたりで食事というだけであらぬ誤解をしそうな気がして先手を打つ。

「あいつ……やっぱりのんちゃんのこと狙って」

「違う違う！　柳瀬さんって夏樹のファンだから。食事の間も夏樹の話と仕事の話しかしてないから」

望海はバッグから鍵を出しオートロックを開けると、まだぶつぶつぼやく夏樹をエレベーターに押し込み部屋に連れて行った。

相変わらず抱きついてくる夏樹をあしらってバスタブに湯をためる。こういうグズグズしている日はさっさとお風呂に入って寝かせた方がいいのだ。

「夏樹、お風呂入って。どうせ泊まっていくんでしょ？」

「うん。のんちゃんと一緒に入りたい」

甘えた言い方に、望海はピシャリと言い返した。

「ダメ。うちのお風呂は狭いし、なにより響くもん。夏樹と一緒に入ったら変なことするでしょ！」

「変なことじゃないよ。普通に恋人として愛を示しているだけで」

「はいはい。とにかく早く入ってきて！」

いつかのように引き込まれないようにバスルームに追い立てる。クローゼットから夏樹の着替えを出してベッドの上に置いたところでバスタオル一枚の夏樹が戻ってきた。

「のんちゃーん」

抱きつこうとする夏樹をかわして、自分はバスルームに逃げ込んだ。

夏樹とエッチをするのはいいとしても、今のように風呂に入る前や、家事の最中に押し倒されるのはあまり好きではなかった。

夏樹に抱かれるのは好きだが、そのあと怠くて眠くてなにもできなくなってしまうのが嫌なのだ。

望海がバスルームから戻ると、夏樹は珍しく大きな枕に顔を埋めてすうすうと寝息を立てていた。

お酒も入っていたし、疲れたのだろう。甘えたモードに入っていたから、会食で嫌なことがあったのかもしれない。

望海はベッドの端に腰掛けて、静かに眠る夏樹の顔を覗き込んだ。

相変わらず鼻筋が通った綺麗な顔立ちに、日焼けの痕も目立った染みもない横顔がうらやましい。眠っているときは子どもの頃のような少し頼りなさげな表情で、望海にとってはこちらの方が昔から馴染みのある表情だ。

そう考えると会社では上に立つものとして緊張して、いつも気を抜くことができないのだろうと可哀想になる。でもその分ふたりでいるときは格好つけたりしないで甘えてくれていいし、リラックスして過ごして欲しい。

望海はふと手を伸ばして夏樹の白い頬を撫でた。

自分は本当に夏樹のことを支えてあげられているのだろうか。ずっと自分が仕事で役に立てていないのがわかっているから、つい心配になってしまう。

もう一度夏樹の頬を優しく撫でたときだった。上掛けの中から延びてきた手に手首を摑まれた。

「のんちゃん、遅いよ。ずっと待ってたのに」

まるで起きて待っていたような口調だが、その声は呂律が怪しく眠たげだ。その証拠に夏樹の目はうっすらしか開いていなかった。

「待ってたって、夏樹寝てたでしょ。そんなに眠いならこのまま寝ちゃいなよ」

「それは男としてもったいなさ過ぎるでしょ」

夏樹はそう言うと望海をベッドの中に引っ張り込んだ。

「え！　夏樹、服は？」

上掛けの中の夏樹は裸で、よく見れば出しておいたはずの着替えはベッドの上に畳まれたままだ。

「だって、どうせ脱ぐんだからあとで着た方がいいだろ」

「それって……」

つまり望海を抱くために裸で待っていたということらしい。

「やる気満々過ぎない？」

「のんちゃんが相手だと止まらないっていつも言ってるでしょ」

すっかり目が覚めたようで、夏樹は望海の身体を背後から抱きしめた。

「のんちゃん、大好き」

背後から顔を寄せてきたかと思うと、耳朶に唇を押しつけられる。

「んっ」

擽ったさに身動ぎすると、部屋着のワンピースを捲り上げられて柔らかな胸が手のひらで覆われた。

「……ん。疲れてるんじゃないの？　今日は大人しく寝ればいいのに」

そう言いながらも、背中に夏樹の体温を感じて鼓動が速くなっていく。きっと胸に触れている夏樹には気づかれているだろう。

「じゃあ今日はゆっくりしようか」

夏樹はそう言いながら、優しい手つきで胸を揉む。いつも望海が拒む隙も与えないほど激しく愛撫してくるのに別人のように優しい。

「ン……」

ワンピースを脱がされショーツ一枚になったけれど、夏樹は再び丁寧に胸をもみ上げ、ツンと立ちあがり始めた乳首に触れた。

「あ、ンンッ！」

いつものようにキュッと痛いぐらい摘まれると思ったのに、指先は玩具で遊ぶように硬くなった先端を転がす。弱い刺激に、逆に先端が疼いてしまいもどかしくてたまらなかった。

「ん……ん……」

爪の先でひっかくように刺激されたり、優しく指の腹で撫でさすられて、いつもとは違う弱々しい刺激に肌が疼く。

もっとしっかり触って欲しい。そんなことを口にしたら夏樹が嬉々《きき》としてからかってくるのはわかっていたので、いくら物足りないと思っても口にすることはできなかった。

「お風呂上がりののんちゃん、いい匂い」

夏樹が首筋に鼻を擦りつけて、クンクンと匂いを嗅ぐ。素肌に息が触れるだけで鳥肌が立ってしまいそうなほど身体が刺激を待ちわびていた。

「はぁっ……ん……」

望海の唇から思わずやるせなさげな溜息が漏れる。すると耳元でクスリと笑い声が聞こえて、片手が身体のラインをなぞるように滑り降りていった。

指先がお腹の丸みを擽り、ショーツの飾りを弄びながらゆっくりと足の間に潜り込んだ。

「まだそんなに触ってないのに濡れてる。わかる？」

その言葉にカッと頬が熱くなる。焦らされているもどかしさが逆に望海の官能を刺激して、まだキスもしていないのに足の間がぬるつくのを感じていた。

ついこの間まで夏樹に触れられる快感なんて知らなかったのに、いつの間にかその期待だけで身体が反応するようになってしまった。

長い指が下着の上から感じやすい場所を撫でさすり、中途半端な刺激に望海は腰を揺らしてしまう。

「ねえ……どうして欲しいの？」

耳朶に熱い息が降りかかる。耳孔の中まで夏樹の声と吐息でいっぱいになって逆上《のぼ》せてしまいそうで、なにも考えられない。ただこのもどかしさから解放して欲しくてたまらなかった。

すると質問に答えない望海にお仕置きをするように、夏樹の指が胸の先端を強く捻った。

「あっンン‼」

「どうして欲しいの？」

もう一度問い掛けられて、望海は両目をキュッと強く瞑った。

「……触って、欲しい……」

「どういうふうに？」

まるで小さな子どもに問い掛けるような声音に胸がキュンとする。

「あの……なかも、して……」

望海が消え入りそうな声で呟いた。

「いいよ」

ショーツを撫でさすっていた指がゆっくりと中に入り込むのを感じて、身体が期待に震える。

「……はぁ……っ……」

自然と熱っぽい吐息が漏れて胸が高鳴ってしまう。けれども長い指は薄い茂みをさわさわと撫でさすってばかりで、なかなか核心に触れようとしない。

何度も同じことを繰り返され、望海は我慢できずに口を開いてしまった。

「……や、いじわる、しないで」

恥ずかしさで泣き出しそうだったが、それよりも身体の物足りなさの方が勝ってしまう。

「のんちゃんって思ったより我慢ができない子だったんだね」

夏樹は嬉しそうに呟くと、今度は一気に濡れそぼった足の間へ指を滑らせた。

「ひぁっ！」

突然濡れ襞を乱すように指を滑らされて、あられもない声が漏れる。待ちわびていた刺激に肌が粟立って、隘路から新たな蜜が溢れ出す。

「ふふ……のんちゃん、どうしてこんなになってるの？　そんなにして欲しかった？」

クチュクチュと音がするほど激しく濡れ襞を乱されて腰が跳ねる。

甘ったるい夏樹の声に、望海は小さく頷くしかなかった。

「のんちゃんが一番好きなところも触ってあげる」

恥肉の奥に隠れた花芯を探して長い指が動き回る。動きを助けるように無意識に足を開いてしまう。

「あぁ……はぁ……っ……」

「ここ？」

小さく立ちあがった肉粒を指が捏ね回す。下肢からお腹の奥まで強い刺激が走って、望海はガクガクと頷いてしまう。

「ここ、好きなの？」

耳元で聞こえる声も熱を帯びていて、夏樹の昂奮が伝わってくる。

「すき、これ……すき……」

幼稚園児にでもなってしまったかのように拙い言葉しか出てこない。しかし夏樹にはちゃんと伝わっていて、花芯を捏ね回す指の力が強くなった。

「ひぁっ、あっ、あ……ン……」

こんないやらしい声など聞かせたくないのに唇から溢れる嬌声を我慢することができない。夏樹はこんな激しい愛撫に喜ぶ自分のことをどう思うだろう。

背後から抱きしめられているせいで夏樹の表情が読めないのも不安を煽る。せめてキスをしてくれたら、夏樹がどんなふうに感じているかわかるかもしれないのに。

「夏樹、キス……したい」

いつもの望海なら口にしないような言葉に夏樹がビクリと身体を震わせたけれど、快感に夢中になっている望海は気づくことができなかった。

「のんちゃん、顔あげて」

言われるがまま見上げるように首を捻ると、だらしなく開いた口の中に夏樹の熱い舌が押し込まれた。

「んぅ……ふ……ン……っ……」

初めの頃はされるがままに翻弄されていたけれど、今は自分の舌を差し出し熱い粘膜を擦りつけてしまう。頬の奥の方から唾液が溢れてきて、夏樹のそれと混ざり合った。

息苦しさに小さく頭を振ると、乳首を捏ね回していた手があごに回され動けなくされてしまう。

「はぁ、ん、んぅ」

花芯を嬲《なぶ》っていた指の動きが激しくなり、さらに小さな粒を押し潰す。強い刺激で目の前にチカチカと白いものが飛び散ってなにも考えられなくなった
「んぅ、ん、んぅ……‼」

唇を重ねたまま、不自然な体勢のままガクガクと身体を震わせる。夏樹の腕の中で達した望海の身体を、背後から筋肉質な腕がギュッと抱きしめた。まるで望海だけひとりでどこかに行ってしまわないようにつなぎ止めてくれているような気がした。

「はぁっ……」

いつまでもビクビクとお腹の奥が震えていて、身体がおかしい。いつももっと長い時間をかけて何度もイカされることだってあるのに、今は身体に巻き付いている腕が擦れるだけで声が漏れてしまいそうなほど敏感になっている。

「のんちゃん、挿れるよ」

片足を抱え上げられ大きく開かされ、蜜孔に硬いものが押しつけられる。思わず手を伸ばして触れると、ヌルヌルと愛蜜が絡みついた雄竿にはいつの間にか避妊具がつけられていた。

「力抜いて」

後背位で挿入されたことはあるけれど、横を向いたままは初めてだ。うまくできるかと一瞬不安になったが、夏樹の硬く滾《たぎ》った雄は迷うことなく蜜孔に収まった。

「はぁっ」

どちらからともなく唇から溜息が漏れる。

馴染ませることなく一気に突き上げられたのに、驚くほどすんなりと隘路を満たしてふたりの身体がぴったりと重なった。

夏樹はいつものように突き上げることなく、ゆるゆると浅い動きを繰り返す。それでも気持ちがいいようで、満足げな呟きが聞こえた。

「はぁ……のんちゃんの中、ヌルヌルしてきもちいい……」

足を抱えていない方の手で抱きしめられて、首筋に唇が押しつけられる。敏感になった身体はそれだけでも感じてしまい、望海はブルリと背筋を震わせた。

「ポリネシアンセックスって知ってる？」

雄竿を望海の中で押し回しながら夏樹が突然そんなことを言った。

「一週間かけてキスしたり触ったりして、やっとこうやって挿れたとしてもすぐに動いちゃいけないんだって」

いつもセックスのときこんな会話などしたことはない。ましてやこうして中に夏樹を迎え入れているときは激しく突き上げてくるから会話どころか、なにも考えられなくなるのだ。

夏樹は時々望海を辱めたくていやらしい言葉を囁いたりするけれど、それは会話のうちに入らないだろうと思いながら首を横に振った。

「し、知らない……」

言葉ぐらいは聞いたことがあったけれど、今まで男性と身体の関係になったことがなかったから、実際にどんなふうにするのかは知らなかった。

「一週間かけて我慢して少しずつ身体を高めると、最高のエクスタシーが味わえるんだって」

「……やってみたいの？」

正直望海は今でも十分感じてしまっているからこれ以上と言われると不安だが、夏樹はセックスに関しては新しい試みをどんどん試したがるから、興味があるのかもしれない。でも一週間かけてなんて、我慢できるものなのだろうか。

すると望海の頭の中を覗いたように夏樹が笑いを含んだ声で言った。

「俺には無理。だってこうやってのんちゃんの中にいると速く動いて、のんちゃんをメチャクチャにしたいって思うから」

夏樹はそう言うと挿入したまま身体を起こすと、望海をうつ伏せにしてシーツに押しつけてしまった。

「あっ、ン！」

「のんちゃんも激しくされるの好きでしょ」

夏樹が身を屈《かが》めて望海の耳元で囁いた。

「ほら、めちゃくちゃにしてあげる」

夏樹はそう言うと夏樹の身体に覆い被って、押し潰すようにして乱暴に腰を振り始めた。

「あっ、あっ、ああっ！」

先ほどまでもどかしさに泣きたくなるぐらい焦らされていたのに、突然乱暴に最奥まで突き上げられ頭の中に星が飛び散る。

「あ、あぁ……！」

欲しかったのはこの刺激で、望海はもっと夏樹を感じたくて自分から腰をあげお尻を突き出した。

「のんちゃん、やらし……」

荒い息遣いで呟くと、腰を抱えていた手が前に回され、茂みの奥に隠れていた花芯に触れた。

「ひあっ、あっ、ダメ……！」

「ダメじゃないだろ。ほら、ここをコリコリしてあげると中がキュッてなる」

「あ、あ、あ……っ！」

隘路を何度も突き上げられながらじんじんと痺れる花芯を捏ね回される。そのたびに隘路がキュンと痺れて、夏樹の熱を強く締めつけてしまう。

「はぁ……のんちゃん、すごい……」

内壁を引き伸ばすように腰を押し回されたかと思うと、勢いよく引き抜かれた雄竿が押し戻され最奥まで突き上げられる。

そのたびにグチュグチュと卑猥な音がして、わずかに残った望海の羞恥心を刺激した。

突き上げられるたびに愉悦の波が大きくなって、早くイキたくてたまらない。今までは夏樹の前でイクことが恥ずかしかったのに、今は気持ちが急《せ》いて待ちきれない。

――もっと奥まで満たして。早くなにも考えられなくして。

望海の淫らな望みが伝わったのか、夏樹の動きがさらに激しくなる。何度目かの愉悦の大波に呑み込まれて、望海は頭をもたげ背筋をそらせると一際大きな声をあげて達してしまう。

次の瞬間背後から夏樹が強く抱きついてくる。

膣洞の奥でビクビクと震える夏樹を感じて、望海は大きな身体に押し潰されながら身体を弛緩させた。

「はぁ……のんちゃん、大好き」

蜜孔から雄芯を引き抜いた夏樹は、後始末もそこそこに望海の身体を仰向けにして柔らかな胸に顔を埋めた。なんだか子どものようで、望海は重い腕を持ち上げて夏樹の柔らかな髪を撫でた。

夏樹とはもう何度も身体を重ねているのに、いつもドキドキして何度でも気持ちよくなってしまう。友だちの話では慣れてくるとマンネリになって、もうそういう気も起きなくなると聞いたが、そんな日が来るのだろうか。

もし夏樹が自分にそんなふうに感じるようになってしまったらどうしよう。こんなふうに身体も心も満たされなくなるなんて想像するのも怖かった。

「のんちゃん、英語の勉強なんてしてるの？」

考えごとをしていた望海は、一瞬夏樹がなんのことを言っているのかわからなかった。しばらくして、ベッドサイドにテキストが置きっぱなしになっていたことに気づいた。

「ああ。最近復習を始めたんだよね。だって、上司が海外の顧客とやりとりしてるのに、秘書の私の方が英語ができないなんて困るでしょ」

大学では一応資格も取ったけれど、母国語でないから使わなければ忘れていく一方だ。一念発起してもう一度勉強を始めたところだが、最近は夏樹と過ごす時間が多くこうしてテキ

ストが置きっぱなしになっているのが本当のところだった。

「だったらテキストじゃなくてオンライン英会話にしなよ。大学でも英語の勉強はしていたんだから知識はあるだろ。あとは実践だから、テキストベースじゃなく、なるべく毎日生の英語に触れた方がよっぽど効果的だよ。うちの会社の福利厚生にオンライン英会話の補助があるから、相場より安く勉強できるはずだし」

「オンライン英会話かぁ」

夏樹の提案には頷ける部分が多かった。

テキストをやり直してみて、ある程度の知識は身についていたのはわかった。だからメールのような文章ベースならなんとか内容を把握できていたし、わからない単語も調べるようにして、ビジネス英語にも抵抗はなくなっていた。

しかし会話となるとリスニングがついて行けず、とっさに英語が出てこなくなってしまうのだ。

同じ学校に通って同じ時間を過ごしたはずの夏樹がしっかり英語を身につけているのは、それこそ英会話など自身で努力した結果なのだろう。

「私、こうして秘書になるまで、夏樹が英語が得意だなんて知らなかったよ」

「そう？　俺も大学のときのんちゃんが宅建の勉強をしていたなんて、随分あとになるまで知らなかったからお互い様じゃない？」

宅建とは宅地建物取引士という国家資格のことで、簡単に言えば不動産取引のプロフェッショナルとしてとても人気の資格だ。

望海の場合は家業を手伝う上で必要だと思って勉強したが、宅建は在学中にチャレンジする学生も多い人気の資格だから、周りにもたくさんいたはずだ。

そんな中でわざわざ夏樹に隠して勉強するはずがなく、ただ気づかなかっただけだろう。

「私は堂々と勉強してたし、店を手伝うなら当然の資格でしょ」

「そうかもしれないけど、俺はのんちゃんが待山ハウジングを継ぐつもりなのも気づかなかったから」

夏樹は望海の胸から顔をあげると、身体を入れ替えて今度は望海を自分の上に乗せた。

「継ぐのは海里。私は店を手伝いたかっただけだし」

「でも就職活動はしてただろ。しかも不動産じゃなくマスコミ。異業種過ぎるでしょ」

望海はあの頃の自分の思考を想像して笑ってしまう。

「あのときは迷ってたんだよね。両親もまだ元気だし、海里も不動産業界に進みたいって言うようになってたし、そういう道もありかなって血迷ったというか」

望海の学部からはマスコミへの就職が多く、ゼミの先輩の話を聞いていたらそんな進路もありかなと思ってしまったのだ。しかし結局慣れ親しんだ地元に残ることにしたし、ある意味地元を出る勇気がなかった負け犬とも言える。

近所には実家が商売をやっている友だちがたくさんいたけれど、家業を手伝うために残っている友人は少なかった。

都内なので大学は実家から通うが、就職を機に実家を出た人が多い。家業を手伝っているとはいえこの年齢まで実家に住んでいた望海は、世間から見たら寄生《パラサイト》していると言われてもおかしくなかった。

「まあ俺としては、のんちゃんが俺の知らない世界で知らない男と出会わなくてよかったって思ってるけど」

「なによ、それ」

夏樹の胸に頬を乗せていた望海は顔をあげて夏樹を見つめた。

「だって実家にいてくれたから、海里くんや街の人からのんちゃんの情報が入ってきたけど、普通に就職して家を出てたら接触が少なくなってたと思うし」

その言葉を聞き、夏樹がいつも望海の情報にやけに詳しかったことを思い出した。

「前から気になってたんだけど、お見合いの話って海里から聞いたんだよね？　そんなに頻繁に連絡取ってるの？」

「まあね。海里くんだって俺の幼馴染みだから」

「ふーん」

何気ない顔を装ったけれど、自分の知らないところであれこれ言われているのはいい気がしない。海里にあまり余計なことを話さないように釘を刺しておく必要がある。

夏樹はちょっとしたことを誤解して拗ねそうだから、男友達から連絡がきても「男と連絡を取っている」と歪曲《わいきょく》して捉えて大騒ぎしそうだ。

「今はのんちゃんと毎日一緒で嬉しいから海里くんの情報も必要ないけどね」

夏樹は満足げに呟いて、望海の身体をギュッと抱きしめた。

9

望海がトレジャートイに入社して三ヶ月ほどが過ぎ、社内のこともだいぶわかるようになってきた。

どの重役が夏樹の味方で、その人は誰と対立しているか。もしこの人に動いてもらうなら誰に頼めばいいかなど知識がついてきて、以前よりも夏樹のサポートができるようになってきた気がする。

それから夏樹のアドバイスに従って、オンラインの英会話も始めた。

会社の福利厚生で利用できるサービスは定額制で、一コマ二十五分を毎日受けることができる。もしもう少し長くレッスンしたいなら追加チケットを購入すればよく、夜の空いた時間にオンラインでレッスンが受けられるのはありがたかった。

入社したとき居づらかった秘書室も、村井がいなくても出入りしやすくなった。

初めて営業企画の飲み会で女性社員たちに質問攻めにされたのと同じで、みんな社長にスカウトされた望海をスーパーエリートだと思っていたらしい。

しかもベテランの村井がつきっきりで面倒見ているのも、やはり社長の肝いりだからで自分たちとは違うと敬遠していたそうだ。

そんな膠着《こうちゃく》状態を打破したのは、意外にも夏樹だった。

夏樹が秘書室の皆を労《ねぎら》いたいと慰労会を開いたのだが、お酒の席ということでみんなかなり饒舌《じょうぜつ》になり、ちょうど営業企画の飲み会のときのように望海を質問攻めにした。

もともと接客業出身なので人当たりもよく会話の巧みな望海に、秘書室のメンバーも少しずつ気を許してくれるようになり、最近ではランチに誘われるようになった。

「どうして急に慰労会なんて開いたの？」

皆の雰囲気から秘書室で定期的に開かれている会ではなさそうだったし、わざわざ夏樹が主催なのも意外だった。

「遅くなったけど、本当は望海の歓迎会のつもりだったんだ。村井さんがね、新人が入ったときは歓迎会をやるけど、秘書室に中途で入ってくることがほとんどないから、みんな歓迎会を開いていいのか迷ってるって教えてくれたんだ」

「そういうことだったんだ……」

会の趣旨を理解して、改めて村井には世話になりっぱなしだと思った。

「それにね、望海が前に言ってただろ。俺のために知り合いもいない場所に来て頑張っているって。あのとき望海が泣いたのを見て、俺のわがままで望海を連れてきてしまったことを後悔した」

「うん」

確かに、新しい環境に緊張していて、夏樹に当たり散らしたことがある。苦労するとわかっていて自分で決めたことなのに、今思い出すと夏樹に八つ当たりしてしまったのは恥ずかしかった。

「でも、望海に待山ハウジングに戻っていいって言ってやれない。俺には望海が必要だから。だったらせめて仕事がしやすい環境を作ることぐらいは手伝えるんじゃないかと思って」

あんな八つ当たりを真剣に受け止めていたことが嬉しい。夏樹が本当に望海のことを大切に思ってくれているのだと実感できる出来事だった。

そんなふうに職場にも慣れて、仕事も手探りながら順調に進めていたのに、予想もしていなかった事件が起きた。

その日は月曜日で、夏樹とふたりきりでのんびりと週末を過ごし、今週も頑張ろうと新たな気持ちで出社した。

いつものようにパソコンを開いてメールのチェックを始めたのだが、その中にとんでもない内容のものがあり、望海は読み間違いではないかと三回目を通して立ちあがる。

望海はプリントアウトしたメールを摑むと、ノックもせずに夏樹の部屋に飛び込んだ。

「なつ……新川常務！　ああ、もう面倒くさいな！　このメール見てください！」

夏樹とは社員の目もあるので別々に出社をしていて、ほんの一時間ほど前に望海のマンションで別れたばかりだ。飛び込んで来た望海を見て驚いたように目を見開いたが、すぐに笑顔になる。

「どうしたの、そんなに慌てて。もう俺の顔が見たくなったの？」

「バカ！　冗談言っている場合じゃないの。これ、見て！」

「なに？」

まだ笑いを含んだ顔でメールを受け取った夏樹の顔が、みるみる硬い表情に変わっていく。

それは夏樹が中心となって契約を進めていた海外企業からのもので、もしかしたら自分の英語力が拙くてメールを読み間違えているのではないかと期待したが、やはり間違いではなかったらしい。

「これ、いつ来たの？」

メールの日付は日本時間で土曜日の朝方で、丸二日間放置されていたことになる。わざと会社が休みになる時間帯を狙って送ってきたのだろうか。

「すぐに調べるから、村井さん呼んでくれる？　あと営業部長の柏木《かしわぎ》さん。事情は俺から話すから、とりあえず来て欲しいって伝えて」

「はい！」

望海は夏樹の部屋を飛びだしてすぐに関係者に連絡をした。

メールの内容はあれこれ長々書かれてはいたが、要約すれば、提示された契約よりももっといい条件を提示している会社があるからトレジャートイとの契約を考え直したい、そんな内容だった。

すでにオンラインで顔合わせをして契約の条件を詰めていたし、先方もトレジャートイが提示した条件で問題ないというので、本契約を結ぶための契約書を作成しているところだった。

つまり口約束とはいえ話はほとんど決まっていたのに、それを覆すような提案があったということだ。

すぐに村井と営業部長の柏木がやってきて、夏樹から事情を聞いたふたりはやはり険しい顔になった。

この話はもともと夏樹が持ってきたものなので、交渉も夏樹に一任されていた。望海と村井でメールのやりとりや契約書のチェックをしていたが、それ以外の人は関わっていない。

もちろん契約間近ということで、社内では宣伝や販売ルートを確保するチームが立ちあがっていたが、それもまだ一部の人間だけにしか知らされていないはずだった。

「どうして……もう本決まりだと聞いていたので、新チームの顔合わせや根回しが始まっているのに」

落胆を隠さない柏木の言葉に望海は頷くこともできない。

この中では営業部長の柏木が最年長で、五十代に手が届くぐらいの年齢のはずだ。今回の交渉が始まってから相談に乗ってくれている人で、夏樹も信頼していて、色々とアドバイスもくれていた。

「メールを読む限り、うちの条件を知った上でそれを上回る条件を提示されたという感じがします」

村井がメールから顔をあげて言った。

「でも今回の条件については、来週稟議《りんぎ》にかけるまではここにいるメンバーぐらいしか知らないはずだ」

「そうですね。僕もここにいるメンバーにしか話していないので集合してもらったんです。でも皆さん思い当たることがないようですね。安心しました」

「安心って……」

今は頑張って交渉してきた契約がなくなるかもしれない正念場で、どこから情報が漏れたのかわからない状況なのに、どうして夏樹はそんなことを言うのだろう。

「僕が信頼した皆さんに悪意がないとわかって安心したんです。今のところ情報漏洩《ろうえい》の理由はわかりませんが、できることをしましょう」

夏樹はみんなを励ますように言ったけれど、具体的になにをすればいいのか望海には見当がつかなかった。

「僕が直接アメリカに行く」

「えっ」

先方の会社はロサンゼルスで、簡単に行くという距離ではない。

望海は思わず声をあげてしまったが、村井も柏木もそれが一番いいアイディアだと思ったのか頷いているのを見て、慌てて口を開いた。

「常務、私も一緒に行きます」

パスポートは実家にあったはずだ。急いで取りに戻ろうと考えたが、夏樹はあっさり首を横に振った。

「いや、待山さんは日本に残って他の仕事のフォローや連絡係になって欲しい。契約内容を変更することになると思うからすぐに提示できるように書類も用意して欲しいし」

「書類の方は私にお任せください。さくらちゃんキャラバンの準備もありますから、待山さんには営業企画のフォローをしてもらった方がいいです」

営業企画がプレゼンした企画は正式に〝さくらちゃんキャラバン〟と名付けられ、全国ツアーに向けて着々と準備が進められていた。

「そうだね。ふたりには負担がかかると思うけどよろしくお願いします」

「では、私はすぐにチケットの手配をします。この時間からなら夕方の羽田発が押さえられはずなので」

村井はそう言って部屋を飛びだして行った。チケットの手配などすぐに望海が動かなければいけないのに、やはり村井とは経験が違うと申し訳なくなったが、今は落ち込んでいる場合ではない。

「では私は接触しているという日本企業について調べてみます。うちと遜色ない契約内容を提示できる会社となれば限られてきますからね。なにかわかったらすぐに連絡しますので」

柏木の力強い言葉を聞きホッとしつつも、村井や柏木に比べて自分がなんの提案もせずただ立っていることしかできないのが情けなかった。

夏樹は社用車を使い自宅経由で空港に向かうことになり、望海はチェックインなどの手続きをするため先に空港に移動した。

スケジュールがタイトだったので夏樹が空港に姿を見せるまで心配だったが、無事にチケットを手渡してホッとしてしまった。

「ごめんね。夏樹が大変なときに、私なにもできなくて」

「どうして謝るの？　こうやってチェックインの手続きとかしてくれてるじゃない」

「チケットを手配したのは村井さんでしょ。私はただ受付をしただけだもん」

「それでも感謝してる。それに出発前に望海の顔を見られて嬉しいし」

夏樹はそう言うと望海の手をギュッと握りしめた。

「何日ぐらい向こうにいるかわからないけど、俺がいない間に浮気なんかしちゃダメだよ」

「するわけないでしょ」

思わず笑ってしまったが、夏樹はいたって真剣だ。

「夏樹こそ、時差もあるんだから無理しないでちゃんと休んでね」

「うん。電話するから」

望海が頷いたとき、ロサンゼルス行きの最終搭乗案内のアナウンスが流れる。

「じゃあいってきます」

「いってらっしゃい」

夏樹はもう一度望海の手をギュッと握りしめると、手を振って手荷物検査のゲートへ消えていった。

翌朝出社すると飛行機の中から送ったらしいメールが来ていて、さくらちゃんキャラバンについて望海に頼みたいことについての指示が来ていた。

今の時期のロサンゼルスとの時差は十六時間だから、向こうは夕方だろうか。到着したら現地のホテルにチェックインできるように村井が手配していたのを思い出した。

日本の午後に出発したのにまた同じ時間に到着するなんて頭がおかしくなりそうだ。

ビジネスメールだから素っ気ないのは当然だが、夏樹が心配になり少しだけ寂しくなったところでデスクのスマホが震える。

ディスプレイには夏樹からのメッセージがポップアップされていて、望海はスマホに飛びついた。

『そっちは朝だよね。もう望海に会いたい。早く帰れるように頑張るからいい子にしててね』

社用メールとは違う甘い言葉に自然と顔がにやけてくる。もちろんそんなことで喜んでいる場合じゃないとわかっているけれど、自分が夏樹を思うように、彼も考えてくれているのが嬉しかった。

大変な時期だが、今こそ夏樹の支えになるときだ。少しでも自分にできることを頑張ろうと改めて決意した。

さしあたってできることはもともと入っていた予定の調整と、夏樹の代理として営業企画の進行を確認することだろう。

とりあえず柳瀬やさくらちゃんキャラバンのメンバーには、しばらく夏樹が不在であることを伝えた方がいい。望海は何件かスケジュール調整で電話をかけたあと営業企画部に向かった。

「お疲れさまです」

営業企画課の入口で声をかけると、柳瀬の姿はなく、代わりに顔見知りの女性社員、平野《ひらの》が対応してくれた。

「望海さん、お疲れさまです！」

「お疲れさまです。今日って柳瀬さんは？　ちょっとお話があったんですけど」

柳瀬は外出していることが多いので、もし出掛けているのなら戻り時間を聞いて出直そうと思ったのだ。ところが、平野が驚いた顔をしたのを見て、なにかおかしなことを言っただろうかと今の会話を思い返した。

挨拶をして柳瀬の予定を聞いただけで、おかしなことは口にしていない。すると望海の困惑した顔に気づいたのか、平野が申し訳なさそうに言った。

「望海さん、柳瀬は退職することになったんですが……ご存じなかったですか？」

「えっ⁉　退職？」

「ええ、先週突然退職届を出してきたらしいです。上司には一身上の都合で実家に帰るって言ったらしいんですけど、翌日から有休消化だって言って来なくなっちゃったんです」

「……」

　プレゼンのあと食事をしたときは、まったくそんな素振りはなかった。それどころかこれからも協力して頑張っていこうという空気だったのに。

　夏樹を支えてくれる人として期待していたし、そもそも夏樹のファンだと言っていたのに挨拶もなしにいなくなるなんてあるだろうか。

「やっぱり。望海さんにも常務にも退職のこと伝えてなかったんですね？　常務にはあんなに後押ししてもらったのにひどいです」

　平野の口調が強くなった。きっと柳瀬に対して腹を立ててくれているのだろう。

「引き継ぎとかはどうなってるんですか？」

　今回の企画は柳瀬がリーダー的な存在だったのだから、すでに動いている企画が頓挫《とんざ》でもしてしまったら大変だ。

するとと平野が安心させるように言った。

「さくらちゃんキャラバンについてはもう形ができあがっているので、柳瀬さんがいなくても大丈夫です」

「そうなんですね」

「でもこれから重役《うえ》に上げようとしている企画がいくつかあったので、一緒に企画を担当していた人は困ってるんですよ」

その話を聞いて、柳瀬を信頼していた分がっかりしてしまった。

あんなにも仕事に意欲的な顔を見せて、自ら夏樹のファンだと言っていたのは嘘だったのだろうか。

ふたりで食事をしたときにそんな話を聞いて、夏樹を支えてくれる人のひとりになって欲しいと期待していたのに仕事を投げ出すような人だったのだ。

ふと柳瀬と最後にふたりで食事をした夜のことを思い出した。

あの夜、柳瀬は版権の契約内容に興味を持っていたのでその話も話題にした。版権のパーセンテージの一般的な相場についても教えてくれてとても勉強になったのだ。

「……！」

もし今回の契約情報が漏れたとしたらあのときしかない。望海の他に契約書の内容を知っていたのは夏樹と村井、柏木だけだ。もちろん本気で情報を盗もうとした人がいればこのメンバー以外にも内容を知ることができたかもしれないが、柳瀬が退職するタイミングと合いすぎている。

柳瀬は他社に情報を渡し、自身が疑われることを恐れて、ことが発覚する前に退職しようとしているのではないだろうか。

平野は有休消化中と言っていたから、柳瀬はまだトレジャートイに籍があることになる。正式に退社になってしまったら調査や処分もしにくいから、今は身を潜めてやり過ごそうとしているとは考えられないだろうか。

どうしてこんな大事なことを、酒の席で気軽に話してしまったのだろう。社内でも限られた人間で進めていた契約なのだから、重要な案件だとわかっていたはずだ。

いくら同僚だったとしても情報を渡してしまった自分の不甲斐なさに泣きたい気持ちだったが、今は落ち込んでいる場合ではない。

反省も後悔もいくらでもできるけれど、まずは柳瀬を捕まえて事実を聞き出すことの方が先だった。

なんとかして柳瀬に事実確認をしなければいけない。情報漏洩が事実なら懲戒解雇という形で柳瀬を処分することができる。

もちろん柳瀬が情報漏洩をしたという証拠はないけれど、彼との会話を思い返してみて、やはり自分との会話がきっかけになったのは間違いないと思った。

しかし、どうやって柳瀬を呼び出せばいいだろう。きっと電話やSNSなどのメッセージでは無視されてしまいそうだし、なにか確実に柳瀬を捕まえる方法が必要だった。

本当ならすぐに夏樹に柳瀬を疑っていると伝えなければいけなかったが、自分の失態を口にするのが怖くて連絡をすることができなかった。

あのあと夏樹から一度連絡がきた。現地でアポを取るために直接連絡をしたところ、すぐに夏樹がロスにやってきたのを驚かれて、翌日だが会ってもらえることになったという報告だけだった。

翌日、夏樹にいつ報告しようかと悶々《もんもん》としながら営業企画を訪れた。キャラバンの件もあるので密に連絡を取ろうと思っただけだったが、そこで平野から耳寄りな情報を聞いた。柳瀬が退社の手続きなどで二日後に人事に顔を出すというのだ。

「まあ今更挨拶に来られても、私たちはなんだかな～って感じですけど」

平野の言い方はとげとげしく、引き継ぎもなしに企画を放り出したことに腹を立てているようだ。

柳瀬が何時頃来るかまでは平野も聞いていないらしく、望海は悩んで夏樹の名前で人事に伝言を託すことにした。

本当に柳瀬が来るのか、もしも伝言を無視されたときはどうしたらいいだろうかと、彼が来社するまで気が気でなかった。

夏樹が留守をしているのだから秘書室で仕事をすればよかったのだが、その日はいつ柳瀬が来るかもわからないので、朝から夏樹の部屋の前室で仕事をしていた。

待ちわびた人物が姿を見せたのは午後も遅くなってからで、扉を叩く音に望海は弾かれたように立ちあがってしまった。

「待山さん、お疲れさま」

柳瀬は何事もなかったような顔で部屋の中に入ってきた。あまりにもいつも通りの態度だったので、一瞬だけ自分の疑いは間違っていたのではないかと思ったほどだ。

「常務からの伝言を受け取ったので伺いました」

「はい……あの、常務は今いません」

「そうだってね。ロスに行ってるって聞いたけど、僕を呼び出したのは待山さん？」

硬い表情で頷いた望海を見て、柳瀬は諦めたように深い溜息をついた。

「待山さんにはいずれ気づかれると思っていたけど、予想より早かったな」

「……じゃあ、柳瀬さんが情報漏洩したことを認めるんですね」

「まあね」

そう言った柳瀬の表情は今までの親切で人のよさそうな顔とは違っていた。したたかと例えるのが相応しいようなずる賢い顔をしている。

わかっていたのにがっかりしている自分は、柳瀬が否定してくれるのを期待していたのだろうか。

「どうしてこんなことをしたんですか？　私は柳瀬さんがトレジャートイで働くのを楽しんでいると思っていました。たくさん企画のアイディアを出して、みんなを引っぱって頑張っていたじゃないですか」

「そうだね。営業企画での仕事はすごく楽しかったよ。でもね、それだけなんだよ。僕は才能もあるし、仕事もできる。でも待山さんみたいに大企業の社長と知り合いじゃないから、コネを使って実力以上の場所に大抜擢《だいばってき》されることなんてないんだ」

柳瀬の最後の言葉は怒っているように聞こえた。

この会社で自分が実力以上に評価されているのは知っていたから返す言葉もない。でもたとえ望海にコネがあったとしても、柳瀬が会社を裏切る理由にはならなかった。

「つまり柳瀬さんはどこかの企業に大抜擢される予定があるってことですか？」

ただ情報を流すだけならお金目的と言うこともあるが、それでは評価されることを望んでいる柳瀬の考えとは合わない。たとえば情報を持ってどこかの企業に移るということは考えられないだろうか。それなら柳瀬がわざわざ退職をすることにも説明がつく。

「コネがない分自分で努力しないとね。わざわざロスまで行った常務は可哀想だけど、僕の方が上手だったってことだよ」

「柳瀬さん、どこの会社に情報を流したんですか？」

「それは正式に契約が整うまでのお楽しみだよ。どちらにしろ契約が決まればそのことは大々的に発表されるし、商品が街に並ぶだろうからね。楽しみだなぁ。エリートで苦労知らずの常務が悔しがる顔。ああ。その顔を見るためにも、もう少し会社に残っていた方がよかったのかな」

「それで？　落ち込む常務を味方のような顔をして慰めるんですか？」

棘《とげ》のある言い方だと思ったが、腹が立ちすぎて自分を抑えることができなかった。仕事のときは抑えているつもりだが、もともと感情の起伏が激しい質なのだ。

「そのアイディア悪くないね」

柳瀬は望海の言葉を褒め言葉だと思っているのか嬉しそうに顔を歪めた。

「君は俺のことを責めたいみたいだけど、男なら上を目指すのが当然だろ。待山さんだってステップアップしたいから転職したんだ。それなら僕の気持ちも少しはわかるだろ」

「上ってどこですか？　人を裏切って嘘をついた先にあるものが柳瀬さんの言う上だって言うなら、私はそんなところを目指したくありません！」

つい声を荒《あら》らげると、柳瀬は意外だと言いたげな顔で望海を見た。

「待山さんはもっと打算で常務のそばにいると思ってたけど、意外だな。もしかして仕事の成功じゃなくて、大企業のエリート社員との結婚狙いでの転職だった？」

もちろんそういう女性がいることを否定はしないし、それもその人の生き方だから悪いことではないけれども柳瀬の口調は、その手の女性を蔑《さげす》むようなものだった。

「それなら最初から言ってくれてれば、同期を何人か紹介してあげたのに。俺には劣るけど、いいヤツばかりだよ。それに待山さんぐらい美人ならみんな喜んでくれたと思うけど」

「な……！　バカにしないでください。私は仕事をしにこの会社に来たんです！」

どうしてこんな男性が夏樹の味方になってくれると期待したのだろう。一番近づいてはだめで、絶対に心を許してはいけない人だったのに。

これ以上柳瀬と話しても、望海の期待していた反省の言葉は出てこないだろう。こうなってしまったのはすべて望海自身の責任なのだから、自分でけりをつけるしかない。

「とにかくこのことは公《おおやけ》にさせてもらいますから」

望海はなるべく冷静に聞こえることを心掛けていった。

柳瀬に一矢報いて、逃げ得にだけはさせないという気持ちで口にしたのに、柳瀬は顔色を変えることも、慌てる様子もなく言った。

「それって、お互い言葉で口にしているだけで、僕が違うと言い張れば君の妄想で終わるよね」

「え……」

「だって俺が君のパソコンから情報を盗み出したわけでもないし、君から情報を聞き出した証拠もない。たとえば君が俺に契約書の話をしたと言ったとしても、俺がそれを漏洩したことにはならないだろ。そういえば、待山さんがそんな話をしていたかもしれませんと言ったら、逆に君が他にも情報漏洩をしているんじゃないかって疑われて終わりだ。待山さんは中途採用で入ってきたばかりなんだから、調査が入ったら一番疑われるだろうしね」

「……」

「だったら俺のことは忘れて、知らないふりをしていれば、待山さんも仕事を辞めなくていいし安泰だろ」

柳瀬の言う通りだ。今後情報漏洩を調査するとなったときに、外部に情報を持ちだしたのではないかと一番に疑われるのは望海だろう。

もちろん自分の失態なのだから、それで退職処分となっても仕方がない。でも柳瀬を許すことだけはできなかった。

「柳瀬さん、証拠がないとしても私は真実を常務に話すつもりです」

「君の好きにすればいいよ。俺には関係ないからね」

こうなることは予想していたけれど、ほんの少しだけ柳瀬が反省するとか謝罪をしてくれることを期待していたので、返ってきた彼の言葉が残念でならなかった。

「じゃあそういうことで話は終わりでいい？　俺も暇じゃないんだ」

これ以上柳瀬を引き留めることはできない。彼が扉に手をかけるのを悔しい気持ちで見つめたときだった。

一息早く扉が開いて、夏樹が姿を見せた。

「おっと、クライマックスには間に合った？」

茶化《ちゃか》すような言い方だったが、少し息が上がっていて、彼が急いで駆けつけてくれたことが伝わってくる。その顔を見ただけで胸がいっぱいになった望海は思わず叫んでしまった。

「夏樹！」

「遅くなってごめんね。乗り換え便がディレイしちゃって。どこまで話をしたの？」

「柳瀬さんは証拠がないから白を切るっておっしゃっています」

自分でも驚くぐらい気持ちが昂《たか》ぶっていたけれど、なんとかそれだけを口にした。

「柳瀬さん、退職するって聞きましたよ。一緒に仕事もしていたし、僕としては一言ぐらい挨拶があると思っていたのに残念です」

いつも愛想のいい夏樹の声が冷ややかに響いてドキリとする。彼が静かに怒っているのだと感じた。柳瀬もそれを感じたのだろう。先ほどまで自信たっぷりだった表情に戸惑いが浮かぶ。

「どうして……ロスにいるんじゃ」

「二日前に彼女から君のことを相談されて、大急ぎで日本に戻ってきたんだよ。最後に挨拶ぐらいしたいからね」

望海は柳瀬が来社することを聞き、悩みに悩んで夏樹に話すことにした。自分の失態を報告して幻滅されることも怖かったが、それよりも彼の仕事の足を引っぱりたくなくて電話をかけた。

電話をしたとき夏樹は新しい条件で契約を進める直前で、無事に話をつけたら飛行機に飛び乗ると言ってくれた。村井に頼んで飛行機を手配してもらったのだが、直行便は時間が合わず、トランジットをすることになった。

昼休みにネットで運航状況を確認したときは乗り継ぎで遅れがあると記されていたので、無事に夏樹が到着するかどうか賭けのようなものだった。

「僕は最初から君を信用してなかったよ」

夏樹が厳しい口調で言った。

それを聞いて、ふと最初の飲み会のあとに望海が柳瀬をいい人だと褒めたときのことを思い出した。夏樹は一見優秀オーラ出しているとか愛想がいい人という、引っかかるような言い方をしたのだ。

あのときは望海が柳瀬のことを褒めたからヤキモチを焼いて意地悪を言ったのだとばかり思っていた。

「色々な部を回ってたくさんの人に会ってきた経験から言わせてもらうと、君みたいなタイプが一番腹黒いんだ。まさか望海を懐柔して攻めてくるとは思わなかったけど」

「夏樹は最初からそう感じてたのね」

夏樹はちゃんと柳瀬の人となりを観察していたのに、夏樹のそばにいた自分がまったく気づかず、同年代の同僚ができてただ浮かれていただけなんて情けなさ過ぎる。

「なんとなくね。でも望海は営業企画との交流を楽しんでいたし、わざわざ水を差して嫌な気分にさせる必要はないと思って」

夏樹がそんなふうに思っていてくれたのは嬉しいけれど、なにも気づかずただ楽しんでいた浅はかな自分が恥ずかしかった。

夏樹は落ち込む望海に向かって微笑みかけると、改めて柳瀬に向き直った。

「知っていると思うけど、企業に所属する者には秘密保持義務がある。新入社員のときコンプラ研修で習ったよね？　君のしたことは情報漏洩、懲戒解雇に値する。そして僕は君を告発するつもりだから覚悟してくれ」

「はっ！　それには証拠が必要だろ。僕が証拠を残すようなへまを期待しているのなら残念だな」

「……証拠」

夏樹が溜息交じりに呟いた。その声からはなんの感情も読めなくて、夏樹が柳瀬を告発できないことにショックを受けているのか、それともなにか別のことを考えているのかもわからなかった。

するると柳瀬が勝ち誇ったように笑い出した。

「俺の勝ちだ！　あんたみたいにお膳立てされた人生を歩んできたボンボンとは違うんだよ。とりあえず今回の契約を逃して、少しは挫折を味わえばいい。人生は思い通りにならないってな」

どうして悪いことをした人間にそんなことを言われなければいけないのだろう。望海はカッとして柳瀬を睨みつけた。

「ちょっと！　あなたにそんなこと言われる筋合いない！　夏樹がどんな努力をしてここまで来たか知らないくせに‼　挫折？　それがなに？　あなたはただ夏樹をうらやんでるだけでしょ‼」

もっとひどい言葉で罵《のの》ってやりたいのに言葉が出てこない。夏樹を侮辱されたことがただただ悔しかった。

「さっきから名前で呼び合ってるけど、もしかしてそういう関係なのか？　常務はお父様にお願いして自分の女を秘書にしたってことか」

そのことに関しては間違いではないので言葉に詰まる。でもそんな不正をしたかのように言われるような関係ではないのも事実だった。

すると望海の考えていたことが聞こえていたかのように夏樹が言った。

「知りたいのなら教えてやるが、彼女は俺の幼馴染みで婚約者だ。確かに縁故入社だが、それが君になんの迷惑をかけているんだ？」

婚約はしてない！　と突っ込みたいところだが、今はそんな些末《さまつ》なことを指摘する場合ではないだろう。

「確かに。彼女はいい女だからそばに置いておきたいのもわかるけどね」

望海を蔑むような笑いに頭にカッと血が上ったけど、口を開くより早く夏樹に手首を摑まれた。

「もうひとつ君に残念なお知らせがあるんだ」

夏樹が静かな、でも力強い声で言った。

「君が気にかけてくれていた契約だが、昨日無事に締結したよ。僕が自ら伺ったら先方はいたく感激してくれてね。うちの会社の印象もよくなったし、それに関しては君に感謝しないと」

「……」

「そうそう。話を持ちかけてきた会社についても教えてくれたよ。どうやらゲーム関連のスタートアップ企業らしいね。最終的に日本では老舗の知名度が信用に値するものだとご理解いただいたんだ。すでに契約は済んだから、先方は今更違約金を払ってまで決定を覆すことはないと思うよ」

自信たっぷりに言った夏樹の横顔にドキリとする。今まで夏樹は顔がいいとか可愛いと思うことが多かったけれど、今日は始めて素直にカッコいいと感じた。

「そうなると君が新しく行く会社の話もご破算になるんじゃないのかな？　なんなら営業企画に戻ってもう一度僕の部下としてやり直すかい？　ああ、もう辞表は受理されたんだっけ」

「別に俺ぐらいの学歴と実力があればどこの会社だって雇ってくれるさ。あんたたちには俺を懲戒解雇にする証拠がない！　そうだろ?」

「……」

夏樹はなにも言わず、ただ柳瀬の顔をジッと見つめた。

「じゃあ俺はそろそろお暇《いとま》するよ。退職金もしっかりいただかせてもらう。お世話になりました」

望海は勝ち誇った顔で出て行こうとする柳瀬の背中に向かって叫んだ。

「証拠ならあるわ」

扉に手をかけて振り返った柳瀬がうんざりした顔を望海に向けた。

「いい加減にしてくれ。はったりは通用しないよ。言っただろ。俺は証拠を残すようなへまはしないって」

柳瀬が自信たっぷりに言った。しかしここで負けるわけにはいかなかった。

「どうして夏樹が……常務がいないときにひとりであなたに会うのに、私が証拠を残さないと思ったんですか?」

「……なに言ってるんだ?」

柳瀬の顔に困惑の表情が浮かぶ。望海が言っていることが本当なのか真偽を決めかねる顔

だ。

「これ、証拠になりますよね」

望海はジャケットのポケットからスマートフォンを取り出した。ディスプレイには録音中のしるしに赤い文字でＲｅｃの文字が点滅している。

「あなたが部屋に入ってきたときから録音してたんです。実際あなたがやったって証拠がなかったから、少しでも助けになればって思っただけだったけど、あなた自分からペラペラ話してくれたから……助かりました。この録音を重役と会社の弁護士に渡します」

柳瀬の目に一瞬暴力めいた光がうかんだが、夏樹をチラリと見て悔しそうに唇を噛んだ。もしこの場に夏樹がいなかったら、力尽くでスマホを取り上げられていたかもしれない。

「話はこれで終わりだ。もう帰ってもらってかまわないよ。改めてうちの弁護士や人事から連絡が行くと思うけど」

「……チッ！」

盛大な舌打ちをして、柳瀬は乱暴に扉を開いて逃げるように部屋を出て行った。

10

「あーのんちゃんの匂い」

　夏樹にギュッと抱きしめられる。風呂上がりとはいえ、あまりにクンクンと首筋に鼻を押しつけられて恥ずかしくてたまらない。

　以前なら「ウザい」とか「しつこい」と言って振り払うところだが、今は夏樹に愛されている感じがして心地いい。いまだに夏樹と恋人同士なんて不思議な感じだが、同時にふたりの間に生まれた新しい絆《きずな》が嬉しかった。

　夏樹と恋人になるのは今までの関係を壊すことで、すべてをなくしてしまうと思っていた。でも実際は夏樹の言う通り、新しい関係が生まれただけで怖がる必要などなかったのだ。

「最近はずっと一緒にいるから、数日顔を見られないだけで、望海ロスで死にそうだった。もうさ、一緒に住んだ方がいいと思うんだよね。そろそろお互いの親にも付き合ってるって報告もしたいし。いいでしょ？」

やっと夏樹と恋人同士になったことを心から受け入れたばかりなのに、夏樹がさらに新しいことを提案してくるから困ってしまう。

それにこれからも夏樹と一緒にいたいと思うけれど、まず自分にはやらなければいけないことが残されている。

「望海？」

夏樹の腕を抜け出して、バッグの中から封筒を取り出し手渡した。

「……なに、これ。退職届ってどういうこと？」

「私は今回の騒動の責任を取って辞めるべきだと思うから」

それは柳瀬が望海から情報を聞き出し漏洩させたことに気づいたときから決意していたことだった。

もともと秘書として役に立っていたとは思えないし、望海がやっているような仕事なら秘書室の人間が誰でもこなせるようなものだ。

秘書室は人員が足りていないわけではないから、望海が辞めたとしても明日からも滞りなく業務が進むはずだった。

「今回は大事に至らなかったし、望海は彼に騙されたようなものなんだから、辞める必要はないよ」

夏樹が優しく言ったけれど、望海は首を横に振った。

「今回のことはきっかけにすぎないの。私、最初は夏樹を助けてあげるんだからって、夏樹は私がいないとダメなんだって実感したくてこの会社に来たんだと思う」

そう、夏樹の会社に入ることを決めた自分は、上から目線で夏樹を見ていたのだと思う。文句を言いながらも夏樹に頼られる自分が好きだったし、そうすることで無意識に夏樹の気持ちを自分に向けて安心していたのだと思う。

「本当は最初から夏樹に私は必要なかったんだよ。短い期間だったけど、夏樹と一緒に仕事してわかったの。今回のこと以外でも、わざと私を頼るふりをしてきたんだって」

すると夏樹はギョッとして叫んだ。

「だって！　望海は俺が甘えなかったら俺のことなんてとっくに忘れて、他の男と手を繋いでどこかに行ってただろ」

「え？」

「望海の言う通りだよ。俺は今まで望海が離れていかないように、他の男に奪われないように必死だった。望海は責任感が強いから、嫌々でも頼りない俺の面倒見てくれるってわかってた。だからそれならとことん望海を頼ろうって決めたんだ。望海をつなぎ止めておけるのなら頼りない男だと思われてもよかったし、なんなら今だって望海がそばにいてくれるなら他のものなんてなにもいらない」

最後の言葉に、望海はカッとして口を開いた。

「なにもいらない？　そんなこと簡単に言わないで！」

夏樹のわがままや勝手な理屈には慣れっこだが、その言葉だけは聞き捨てならない。望海は夏樹に強い視線を向けた。

「トレジャートイには夏樹が必要だし、皆があなたに期待してる。そもそも夏樹には会社を捨てることなんてできないでしょ。私……自分が一番大切にしていることをいらないなんていう夏樹は嫌い！」

一番大切にしているものを恋人のために捨てるなんて許せない。望海は顔を背けるようにプイッと横を向いた。

「……望海」

すぐに夏樹の手が伸びてきて、手のひらをギュッと握られた。

「さっき、望海が柳瀬さんに向かって怒ってくれたのが嬉しかった。俺がどれだけ努力しているか知らないくせにって怒ってくれただろ」

あれは柳瀬があまりに身勝手で、夏樹のことを軽視していたからとっさに言ってしまったのだ。

「あの言葉を聞いて、今までずっと望海に俺のことを男として見て欲しいと思っていた気持ちが報われた気がしたんだ。望海もちゃんと俺を見ていてくれたんだって」

「……」

「だから俺のことが嫌いなんて言わないで」

勢いで口にしたとはいえ、嫌いは言い過ぎだったかもしれない。望海は握られた手がいつもより熱く感じて、突然夏樹の顔を見るのが恥ずかしくなった。

「本当は夏樹が……私以外いらないって言ってくれたのが少し……ううん、かなり嬉しかった」

「本当？」

「でも……同時に夏樹は私がいなくても大丈夫ってわかっちゃったから。夏樹を支えたいって気持ちと、最近はなんでもできる夏樹がちょっと憎らしいっていうか。柳瀬さんの件以外でも、私は夏樹と離れた方がいいと思ってる」

夏樹に自分は必要ない。それはトレジャートイに来てからずっと感じていたことだが、口にするとやっぱりショックだ。

「望海の気持ちはわかった」

夏樹の言葉にホッとして、それから少しだけがっかりしてしまった。

辞めることを決めたのは自分だが、きっと夏樹に引き留められて大変だろうと想像していたからだ。

「じゃあ、なるべく早く代わりの人を見つけてね。引き継ぎってほど仕事は抱えてないけど」

「待って。俺の話を最後まで聞いてよ」

望海の手を握る力が強くなって、わずかに引き寄せられる。

「ねえ、本当に悪かったと思ってくれるなら、ずっと俺のそばでサポートして。ずっとっていうのは、もちろん一生って意味だからね」

「……え？」

「俺のそばにいて、ずっと俺を見てて。お礼に望海を社長夫人にするから。まあとりあえずは常務夫人だけどね」

もしかしてプロポーズされているのだろうか。

「もちろん望海が社長夫人になりたがっているとは思わないけど、別にあっても困らない肩書きだろ」

夏樹は望海を見つめて微笑んだ。

「待山望海さん、俺と結婚してください」

「……っ」

夏樹ならいつか言うだろうと思っていたけれど、それは望海が予想していたよりも早い。

一般的なカップルが結婚するまでの平均的な交際期間は知らないが、付き合って数週間で人生の伴侶《はんりょ》を決めるのはさすがに早すぎる。

「今、まだ付き合ったばかりなのに早すぎるって思っただろ？」

「えっ」

「何度も言ってるけど、俺はずーっと昔から、子どもの頃から望海だけが好きだったんだ。付き合う前から結婚したいと思ってたんだから、全然早くない」

「それは夏樹の都合で」

「望海が結婚してくれないなら、俺は一生誰とも結婚しないからね」

拗ねた子どものような言い方に困ってしまう。

「もう。別に結婚しないなんて言ってないでしょ。ただ時期が早すぎるなって思ってるし、もう少し考える時間が欲しいだけで」

「じゃあ結婚してくれる？」

すかさず言われて、苦笑いが浮かんでしまう。自分は結局一生夏樹のお願いを聞き続ける運命なのかもしれない。

「……いいよ」

望海は溜息交じりで言った。

「いいよ。結婚しよ」

「……望海、ホント？」

「私は夏樹みたいに嘘つきじゃないからね。それにこんなことで嘘つく人いないでしょ」

夏樹はまだ信じられないようで、望海の手を握ったまま呆然《ぼうぜん》としている。予想していた反応と違うので、望海は思わずからかい交じりに言った。

「ちょっと！　もう少し喜びなさいよ。大好きなのんちゃんと結婚できるんだよ……きゃっ」

目の前で夏樹の腕が大きく動いて、次の瞬間息もできないぐらい強く抱きしめられていた。ぎゅうぎゅうと抱きしめるというより締めつけるという例えがぴったりの力加減に、息が苦しい。

「な、夏樹……苦しい。ちょっと力、緩めて……痛いから……」

唯一動く手首を使って背中を叩くと、やっと力が緩んで息が楽になる。

「痛い？　じゃあ夢じゃないんだ」

その言葉に望海は身体を離して夏樹を睨みつけた。

「ねえ、それって自分の身体で試すやつでしょ。どうして私が痛い思いをしなくちゃいけないのよ」

「どっちでもいい。望海が結婚してくれるなら」

夏樹はそう言うともう一度望海を抱きしめた。

「望海好き。大好き。もう一生離さないから」

再びぎゅうぎゅうと抱きしめられたが、先ほどより腕の力は緩い。子どもが母親に甘えているみたいだと思えば許せるかもしれない。それどころか子どもができたら子どもと張り合いそうな気がすると、気が早いことを考えてしまった。

「わかったから！　もういい加減にしてってば」

もう一度背中を叩いて夏樹の腕の中から抜け出すと、夏樹がふくれっ面をした。

「のんちゃん冷たい！　俺たち今結婚するって約束したばっかりなんだから、ここはもっとラブラブするところでしょ‼」

「そうだけど……夏樹の愛情表現が強いんだから私はこれぐらいの方が、バランスがいいんじゃない？」

「俺はのんちゃんにも好きって言って欲しい」

「……た、たまには言うでしょ」

「言ってない。ていうか、聞いた記憶がない！」

確かに口に出してはっきりと伝えた記憶があるかというと、自分自身も怪しい。でも心の中ではいつも夏樹が大好きだと思っているし、そうでなければ夏樹と付き合ったりしない。

「……」

夏樹が無言でジッと見つめてくるから居心地が悪くてたまらない。これは好きと言うまで収まらないパターンだろう。

「……」

期待に満ちた眼差しに耐えきれず、望海はくるりと夏樹に背を向けた。本当はちゃんと視線を合わせて伝えるのがいいことはわかっているけれど、やはり面と向かって口にするのは恥ずかしすぎる。

望海は目を瞑って深く息を吸い込んだ。

「夏樹、好きだよ」

「のんちゃん‼」

三度目は背後から勢いよく抱きつかれる。今日は夏樹に抱きつかれてばかりだ。

「あーもー俺今死んでも悔いはないかも」

「今死んだら私と結婚できないけど」

「そうだった。じゃあ一生一緒にいられるように長生きする！」

なんだかおかしな流れになっているけれど、さっき恥ずかしくてたまらなかった気持ちは少しだけ楽になった。

すると肩と首のくぼみにあごを乗せていた夏樹が、悔しそうに呟いた。

「失敗した～激レアな言葉だから動画に残しておけばよかった。そうだ！　のんちゃん、もう一回」

「嫌！　動画に残したら一生残るじゃん」

夏樹のことだから断らなければ今すぐにでもスマホを向けられそうだ。

「ああ、いつものツンデレののんちゃんが戻ってきた……」

あからさまにがっかりした声が聞こえてきた。

「でも俺ツンデレなのんちゃんも好きだから」

「はいはい」

きっとこれから先もこのやりとりを何度でも繰り返すのだと思うと、自然と笑いがこみ上げてきて幸せな気分になる。きっと一生一緒にいるということは、毎日小さな幸せを積み重ねていくことなのだろう。

望海は心の中で毎日こんな日が続きますようにと小さく祈った。

そしてその夜夏樹と過ごした時間は今までの中で一番甘くて、信じられないぐらい切ない夜になった。

「とりあえず今夜は離れていた分もしっかりご奉仕するから」

夏樹はそう言いながら望海をベッドに押し倒したのだが、すぐに〝ご奉仕〟の意味を軽く考えていたのを思い知らされた。

もともと夏樹は時間をかけてたっぷりと愛撫してくれるのだが、その夜はいつも以上に執《しつ》拗《よう》に望海の身体に触れた。

「望海の感じやすい場所を探さないと」

夏樹はそう言って、唇と舌を望海の身体中に這わせた。夏樹に見せていないところなどひとつもないというぐらい満遍なく身体中に口付けられて、気づくと白い肌のあちこちに夏樹がつけた赤い痕が残されていた。

夏樹にとっては小さな小指の爪ですら愛《め》でる対象で、丸い膝頭や柔らかな内股なども大好物な場所だ。そしてなにより夏樹が愛してやまないのは望海の秘処で、小さな花芯を剝《む》き出《だ》しにして嬲っては、何度も望海を高みへと押しあげた。

「や、もぉやめて……あたま、おかしくな……あぁっ、ん、んっ！」

小さな花芯を強く吸われて、何度目かわからなくなった快感を駆け上がる。

達するたびに不自然に足に力が入るからか、足の指が攣《つ》ってしまう。肩や背中、足の付け根にも動くたびに引き攣れたような痛みが走った。

「はっ……も、休ませ、て……っ……」

足の指がおかしな方向を向いてビクビクと痙攣する。望海の様子が違うことに気づいた夏樹が、やっと濡れ襞から顔をあげ濡れた唇を拭った。

「望海？」

「あし……」

手の伸ばした先を見て、代わりに夏樹が足の指に触れた。

「攣っちゃった？　ちょっと我慢して」

「んんっ……いたい……」

時々踵《かかと》の高い靴で一日歩き回ったときなど攣ることがあるが、それと同じぐらいつま先に負担がかかっていたらしい。

「どう？」

「ん……」

痛みから解放されてぐったりとシーツに身体を投げ出す。するとなにを思ったのか夏樹が望海を抱き起こした。

「ん……」

身体に力が入らないのでぐらんぐらんと身体を揺らしながら、足を大きく広げられ、向かい合わせで夏樹の膝の上に座らされた。

「……待って……あ、ン！」

夏樹がなにをしようとしているか気づいたけれど、両手で胸を掴みあげられて嬌声をあげてしまう。

何度もイカされた身体はすっかり敏感になっていて、胸の先端は指の間でぷっくりと膨らんで存在を主張していた。

「足に力入れたらダメだよ。また痛くなるでしょ」

夏樹はにっこり笑ってそう言ったが、それなら少し休ませて欲しい。もちろん夏樹の耳にそんな言葉は届かず、両手で望海の身体を抱き寄せると、口を大きく開けて胸の先端にむしゃぶりついた。

「ひぁっ、ン！」

硬く締まった乳首を舌先で舐め転がされ、唇で扱くように擦られて、お腹の奥がジンと熱くなる。身体の奥からとろりと熱いものが溢れ出す感触に恥ずかしくなった。

もう無理だと思うのに、夏樹に愛撫されると何度でも快感を味わって上りつめてしまう。

前に夏樹が女性は何度でもイケると言ったがその通りで、やめて欲しいと思いながら身体が反応してしまうのを我慢することができなかった。

「あっ、んっ、吸っちゃ……イヤ……っ……」

「じゃあ噛んで欲しいの？」

そう言いながら硬く尖《とが》った乳首に歯を立てる。

「ひ、ン！　ちが……っ……や、や、やぁ……ン！」

強い刺激にお腹の奥がキュンと痛んで、ヒクヒクと震えてしまう。まさかとは思うが胸だけで達してしまいそうな予兆に泣きたくなる。

夏樹のせいで自分の身体は少しの愛撫でも感じてしまうような、いやらしいものに変わってしまった。こんなことをしていたら、夏樹に肩を抱かれるだけでも甘い声をあげてしまいそうだ。

「望海ってホントエッチな身体だよね。こんなに濡らして、もうビショビショだ」

濡れそぼった淫唇に、夏樹の硬いものが押しつけられる。腰を抱えられたままヌルヌルと硬いものを押しつけられて、感じやすくなった蜜孔が再び物欲しげにヒクヒクと震えた。

「は……やぁ、こすっちゃ……」

「擦ったら？　すぐイッちゃう？」

夏樹はそう囁くと、さらに激しく淫唇に雄竿を擦りつけ、再び乳輪ごと乳首を咥え込んだ。

「あぁっ、あ、あっ……や、ン……ダメ……ぇ……っ……」

「どうしてダメなのかちゃんと言える？」

乳首を咥えたまま、モゴモゴと夏樹が呟く。

「イク、また、イッちゃう……！」

必死で腰を引こうとする望海を夏樹の腕が押さえつける。

「あ、あ、あぁ……っ」

感極まって涙目になった望海の顔を、夏樹が愛《いと》おしそうに覗き込んだ。

「望海、イッて」

言葉と共に淫唇にゴリッと、一際強く雄芯が擦り付けられた瞬間目の前に星が飛び散って、夏樹の意図通り簡単に上りつめてしまった。

「あ、んんぅ……あ、あ、あぁ……‼」

愉悦のあまり頭を仰け反らせて我慢できなくなった熱を解放する。夏樹が腰と背中を支えてくれていなかったら、ガクガクと震える身体で背中からシーツに倒れ込んでいただろう。

再び手足に力が入らなくなり、ぐらんぐらんと揺れる身体で夏樹の胸に倒れ込む。するとなにを考えたのか、夏樹が望海の汗ばんだ腰を抱いて身体を持ち上げる。反射的に夏樹の肩に腕を回すと、その唇がニヤリと歪んだ。

「ほら、イッたばっかりの気持ちいいところに挿れてあげる」

「……！」

蜜孔に雄竿の先端が押し当てられ、次の瞬間夏樹に腰を引き下ろされた。

「ひぁ……あ、あぁっ！　だめ……‼」

まだ達した名残で膣壁がビクビク震えていて、今夏樹の雄竿で擦られたら本当におかしくなってしまう。なんとか逃れようと腰を引いたがむなしい抵抗で、雄竿は易々《やすやす》と隘路を貫いてしまった。

「あ、あ、あぁ……っ……！」

頭を後ろにガクンと仰け反らせてしまうほど強い衝撃に眼裏にまで星が飛び散る。

「はぁ……最高……望海の中、すごく……うねってる……」

夏樹が感極まったように、溜息交じりで呟いて、ビクビクと震えの止まらない望海の身体を抱き寄せた。

グチュグチュと音を立てて、下から何度も蜜孔を突き上げる。自重のせいもありいつもより深いところまで突き回されて、愉悦のあまり思考に霞がかかってきた。

「ああ、あぁ……ん、あぁ……ん……」

自分の声だとは思えないほど、愉悦にまみれた甘ったるい声が漏れる。

「望海、気持ちいい？」

熱い雄竿で何度も膣壁を擦られ、最奥の感じやすいところばかり突き上げられて気持ちよくないはずがない。

「ん、きもち、いい……これ、好き……」

ずっと我慢していたことを口にすると、たがが外れたように愉悦の波が押し寄せてきた。もう快感を味わうことしか考えられず、自分で腰を揺らしてしまう。もっと奥に、もっと感じる場所を突き上げてメチャクチャに壊して欲しい。

「はぁ……なにそのエロい腰つき……」

夏樹は熱っぽい溜息を漏らすと、望海の足をさらに大きく開かせ腰を抱える。そのまま望海の身体をシーツに押しつけるように仰向けにしてしまった。

「ああ……！」

体位が変わるタイミングで雄竿がずるりと抜けそうになる。望海は無意識にそれを阻止しようと、夏樹の腰に足を絡めていた。

するとご褒美とばかりに最奥を強く突き上げられた。

「あぁぁっ、んぅ……！」

「望海……あんまり煽んないで……おれ、もう……」

そう言いながら夏樹の律動が激しくなる。

熱く脈打つ肉竿で隘路を何度も押し広げられ、ふたりの間から荒い呼吸とグチュグチュという音だけが漏れる。

「あ、あ……なつ、き……すご……ん、はぁ……きもち、い……」

「はぁ……望海、かわいい……すき……」

夏樹が激しく腰を打ちつけながら、掠れた声で呟く。

「ん……す、き……わたしも、すき……」

熱に浮かされたように呟くと、夏樹の身体がビクリとする。そして次の瞬間、夏樹は足を大きく開かせると、さらに容赦なく膣洞を突き上げ始めた。

ベッドがギシギシと音を立てるほどの律動に内壁が大きく痙攣してしまう。

今まで感じたことのない大きなうねりが望海の中で暴れて、腰がガクガクと震え始める。

「んぁ……なつき……！」

シーツに背中を擦りつけ、望海の身体が一際大きく戦慄いた。

「あ、あ、あぁぁ……っ！」

感極まって涙が勝手に溢れてくる。夏樹がその涙もすべて覆い隠すように望海の身体を強く抱きしめ、あとを追うように、膣洞の奥で雄竿を大きく震わせた。

汗ばむ身体で抱きしめあい、力の抜けた夏樹の身体の重みも心地よい。そうやっていると、お互いの体温を分け合い、存在を確かめ合っているような気がした。

いつもより激しい夜だったのに夏樹の回復は早くて、動けなくなってしまった望海の身体を綺麗にしてパジャマを着せてくれた。

いつもの望海なら下着や服を着せてもらうのも恥ずかしいと抵抗したかもしれないが、本当に疲れきっていたので、むしろ元気な夏樹に感謝しかない。

ミネラルウォーターのペットボトルを手渡されて、やっとのろのろと起き上がれるようになった。

「大丈夫？　俺が口移しで飲ませてあげるのに」

夏樹が残念そうに言ったが、内容はとんでもない。

「自分で飲めます！」

「遠慮しないでいいのに」

夏樹はそう言って笑うと、望海を抱き寄せてベッドに横になった。

「はぁ……超幸せ」

夏樹に抱きしめられるのは気持ちがいいのでこのまま眠ってしまいそうだ。

「望海が結婚しないって言ったらどうしようかって色々考えてたから、約束してくれてよかった」

「たとえばどんなことを考えてたの？」

目を閉じかけていた望海は夏樹を見上げた。まさか、なにかサプライズをしようとでも考えていたのだろうか。

最近は日本人もプロポーズで外国のような派手な演出をすると聞いたことがある。王子様のように跪《ひざまず》いて指輪を渡すのは王道で、フラッシュモブで派手なプロポーズをする人もいるとテレビでやっていたのを見たことがあった。

夏樹はなにをしようとしたのだろうと、思わず期待に満ちた眼差しを向けてしまった。しかし夏樹はまったく想像だにしなかったことを口にした。

「俺、どうしても望海に一生そばにいて欲しかったんだ。だからもし望海が頷いてくれなかったら、いっそ監禁して、望海をいっぱい気持ちよくして俺なしでいられなくするとか、子どもができるまで部屋に閉じこめておこうかなってことまで考えてたから」

「……」

考えていたことの斜め上というかもうまったく違う方向性にとっさになにも言えない。というか、あまりに物騒な考えに引いてしまう。夏樹なら本当にやりかねないから怖いのだ。

「ごめん。今ちょっと怖いかも」

望海は思わず本音を口にしてしまった。

夏樹は幼馴染みだしキモいとまでは言わないが、やっぱりその考え方だけは引いてしまう。

「怖いなんて心外だな。望海と一緒にいたいから努力してるのに」

夏樹が肩を竦めるのを見て、怖いは可哀想だったかもしれないと思ったときだった。

「いつでも望海を閉じ込める準備はできているから、俺から逃げ出したりして、閉じ込められたりしないように気をつけてね」

ニヤリと笑った夏樹に背筋がぞわりとする。やっぱりダメだ。自分はもしかするととんでもない相手と結ばれてしまったのかもしれないと思いながら、夏樹の小悪魔的な表情に目を奪われてしまった。

エピローグ

その日、夏樹と望海は一緒に平日に休みを取って望海の実家へと向かっていた。

不動産業界はなぜか水曜日を定休とされていることが多い。子どもの頃、平日が休みの両親を見て不思議に思ったことが何度かあった。

夏樹の父や小学校の友だちの両親は土日や祝日が休みの人ばかりで、望海はどうしてうちはよそと違うのか父親に尋ねた。

諸説あるが、水は契約が水に流れることを連想してしまうため、大きな金額を扱うことが多い不動産業界では水曜日は休みというのが定説となっているのだと教えてくれた。

もちろん成人した今なら土日に働く仕事などいくらでもあることを知っているが、当時は皆が休んでいる日に仕事に出掛けていくことが不思議でならなかったのだ。

もちろん今もそれは変わっておらず、待山ハウジングは水曜日が定休日となっていて、両親が揃う定休日に合わせて望海たちが休みを取る形になった。

夏樹の両親と祖父、つまり社長夫妻と会長にはその前の週末に報告を済ませていて、夏樹の結婚相手が幼馴染みの〝のんちゃん〟だったことを、諸手《もろて》を挙げて歓迎してくれた。

早くも望海の両親への挨拶が済み次第両家の食事会をしようという話にまで進んでいて、幼馴染み同士の結婚は親戚付き合いという点ではメリットが多いのかもしれなかった。

望海の両親も平日に夏樹と一緒に話があると言えばある程度察しがつくのか、ニコニコして出迎えてくれ、同じように夏樹の話を聞いてくれた。

「ふたりが一緒になるのは大歓迎だよ」

「よかったわね～結婚が前提なのよね？」

ふたりの間で結婚を前提にするという話はしたものの、改めてその言葉を口にされるとドキリとする。

「お許しいただければ、僕たちはそのつもりでいます」

夏樹は当然という顔で頷いた。

「それにしても、これでやっと大手を振って望海の見合い話も断れるな。相手が夏樹くんなら誰も文句なんて言えないしなぁ」

「本当ね。ホッとしたわ」

両親の心から安堵《あんど》したという顔になんだか厄介者扱いされているような気分になる。

「ちょっと待ってよ。お見合い話なんて、そんな大袈裟《おおげさ》に言うほどでもなかったでしょ」

「あなたはそう思っているかもしれないけど、お父さんの仕事のお付き合いもあるから、お見合いを断るのも一苦労だったのよ。夏樹くんは昔から望海を好いてくれてたけど、あなた鈍感だからまったく気づいてなかったし」

「え……」

まさか母に鈍感と言われると思っていなかった望海は、怒りやら恥ずかしさやら色々な感情が混じって赤くなった。

「夏樹くんがやっと本当の息子になってくれて嬉しいわ。私は昔から夏樹くん推しですもの」

「ありがとうございます。お義母《かあ》さん」

夏樹がちゃっかりお義母さんと呼んだのを聞いて、母は嬉しそうに微笑んだ。

「お母さん？　あなたには実の息子がいるってことをお忘れじゃないですかね？」

キッチンから聞こえてきた声に、望海は驚いて顔をあげた。

「海里⁉　あんた今日は会社じゃないの？」

不動産関係とはいえ一般企業に勤めているし、今日は両親への報告だからと特に海里には声をかけなかったのだ。

Tシャツに短パンという部屋着姿で現れた海里はペットボトルの水を飲みながらリビングに入ってきた。

「お姉様の彼氏が挨拶に来るのに、俺がいないなんておかしいだろ」

そんな言い方をするのなら喜んでくれればいいはずなのに、海里の顔は不満げだ。

「もしかして……海里は私たちが結婚するのが不満だったりする？」

父親が反対するという話はたまに耳にするが、まさか弟に反対されるとは思っていなかったので困惑してしまう。しかし、結婚を反対されるほど海里に慕われていた記憶もない。

「どうして？　だって海里に迷惑かけてないでしょ。それに海里は夏樹とも仲がいいじゃない」

夏樹はたまに舞い込んでくるお見合い話などの情報を海里から教えてもらっていたと言っていたし、それができるのはふたりが頻繁に連絡を取り合っている証拠だ。

「……」

「海里、黙ってたらわからないでしょ。言いたいことがあるならちゃんと言いなさいよ」

つい強い口調で問うと、海里が面倒くさそうに溜息をついた。

「だってさ……ふたりが結婚したら……っていうか、付き合ったら俺の小遣いが減るから」

「はぁ？」

望海は意味がわからず首を傾げた。

待山家の方針として大学を卒業したあとはお年玉もお小遣いも終了することになっていて、海里も大学を卒業するときにそう言い渡されていた。だから望海が結婚しようがしまいが関係ないはずだ。

「姉貴さ、夏樹くんが姉貴の情報に詳しいの、おかしいと思わなかった?」

「え? あれはあんたが夏樹に色々情報を……あ! まさか夏樹にお小遣いもらって情報を流してたの!?」

望海の問いに、海里は面倒くさそうに肩を竦めた。

「い、いつから?」

「ん〜俺が中学生になってからかな? 姉貴たちはもう高校生で大学受験だなんだって言い出した頃。姉貴が自分以外の人間と遊ぶ約束してるとか、男から連絡がきているようだったら教えて欲しいって」

「それで? あんたは言われるがままに情報を渡してたの?」

「まあね。バイト代弾んでくれたし、男関係の情報だったときはいつもより多くくれたし。姉貴が店で働くようになったら、見合いの話も結構来てたけど、俺の情報を聞いた夏樹くんが全部潰《つぶ》してたんじゃないかな」

「……」

驚きすぎて言葉がないとはこのことだ。

海里の話が本当なら望海の高校時代から、つまりもう十年は海里のお小遣いは夏樹に賄われていたことになる。確かにアルバイトもろくにしていないのにゲームソフトなどを気軽に買う羽振りの良さを、不審に感じたことがあった。

でもそれは弟だし、弟に甘い母親がお小遣いを多めに与えているのだと思っていた。

「な、なに考えてるの？　個人情報じゃない！」

「さすがに俺だって誰彼かまわず個人情報をばらまくわけないだろ。夏樹くんが悪用するわけないし、なにより姉貴みたいな気の強い女を好きだなんて奇特な人二度と現れないかもしれないし。だから弟として協力したわけで……あ！　それに玉《たま》の輿《こし》だし‼」

「奇特な人って……玉の輿って……」

まるで望海が女として最悪だとか、普通に考えたら相手なんか見つからないとか、とにかくダメな人間に聞こえるような言い方だ。

「まあまあのんちゃん、俺たちの結婚は決まったんだし、そんなに怒らなくてもいいじゃない。海里くんは俺とのんちゃんのために骨を折ってくれたわけだし、感謝しないと」

「感謝なんてできるわけないでしょ。私の知らないところでコソコソしちゃって！」

「のんちゃん、そんなに怒らないでよ」

夏樹はお得意のしゅんと沈んだ顔をしたけれど、もうそれが本当の夏樹でないことは知っている。そもそも海里にお金を渡してまで情報収集する男が、それぐらいで落ち込むはずがないのだ。

「この結婚、考えさせていただきます‼」

望海の爆弾発言に、このあと待山家のリビングは大変なことになったのだが、それはまた別の話だ。

なんだかんだと小さな騒動はあったけれど、ふたりの結婚式は一年後に無事に執り行われた。

望海としてはあまり規模を大きくしないで家族とごく親しい友人を招いた式でよかったのだが、トレジャートイの御曹司と地元商店街の元看板娘の結婚ということで、各々《おのおの》身内が盛り上がり都内のホテルでそれなりの規模で披露宴をすることになった。

面倒くさいと思いつつもお世話になった人を呼ばなければと言われるとその通りで、毎晩夏樹に愚痴を言いながら出席者リストを作った。

ひとつ嬉しかったのは営業企画部の仲間からの提案だった。結婚を機に秘書室から異動することになったのだが、それを聞いた有志がさくらちゃんシリーズのウエディングドレスを再現してくれたのだった。

子どもの頃からの人気のシリーズだからウエディングドレスは毎年のように新しいデザインが発売されていたが、ふたりが生まれた年のドレスをわざわざリアルに再現してくれたのだった。

「まさか私がさくらちゃんのウエディングドレスを着ることになるとはね」

試着に呼ばれた望海は照れ隠しにそう呟いた。

さくらちゃんシリーズは女の子らしさの象徴で、どちらかというなら姉御肌で男勝りだった望海には可愛らしすぎるのではないかと内心不安だった。

着付けを終えて試着室を出ると、悲鳴のような歓声とあちこちから〝可愛い〟〝綺麗〟という褒め言葉を浴びせかけられた。

試着に立ち会っていたのは営業企画の中でも女性社員だけで、夏樹や男性社員へのお披露《ひろ》目《め》は式当日までお預けになっていると聞かされた。

女性同士だとしてもみんなに注目されるのは緊張するし、真っ白なドレスは気恥ずかしくてたまらない。でも女性陣は自分たちの営業企画部の威信がかかっていると、望海を一段高い台の上に立たせると何度も周りをぐるぐる回って、デザインの細部にまでチェックを入れて修正をかけた。

実はこの試着会は一度きりではなく何度も行われたので、最後は式場で用意してくれるドレスの方が楽だったのではと思ったが、さすがに口にできなかった。

それにその苦労も、式当日の夏樹の驚いた顔を見てすべてなかったことになったので、営業企画部のみんなには感謝しかなかった。

ウディングドレスを身に着けた望海が夏樹と始めて顔を合わせたのは、ホテルの中にあるチャペルの前だった。

よく父親にエスコートをしてもらって入場するという演出もあるが、今回の式は仕事関係者も多いので、感謝を伝える意味も込めてふたりで入場をすることにしたのだ。

夏樹は驚きの表情を隠さず、しばらく言葉もなく望海を見つめていた。あまりになにも言わないから、似合っていないのではないかと心配になったほどだった。

「……望海、今俺がなに考えているかわかる?」

「なに?」

夏樹が言葉を忘れたわけではないことにホッとした。

「すごく可愛い」

溜息交じりで褒められて頬が熱くなる。営業企画の皆の努力も報われたというものだ。夏樹の言葉が嬉しくてたまらないけれど、照れ隠しもあって素直に礼の言葉を口にすることが

できなかった。

「あとね、今まで望海のことを諦めないでよかったなって」

「……っ」

もう付き合って一年以上経つのに、夏樹はいつも望海が嬉しくて胸がいっぱいになるような言葉をくれる。甘い言葉にこちらが恥ずかしくなってしまうことも多々あるが、それでも夏樹がくれるものならなんでも嬉しかった。

「リアルさくらちゃんなんて、うちの父や祖父が喜びそうだね」

夏樹の言葉にふとアイディアが思い浮かぶ。

「ねえねえ、思ったんだけど。さくらちゃんシリーズのドレスの復刻版を作るとか、さくらちゃんとおそろいのドレスで結婚式とか写真撮影ができる企画ってどうかな」

さすがにこれから挙式という緊張感のあるタイミングで口にすることでもなかったが、メモを取ることもできないし、早く言葉にしておきたかったのだ。

夏樹もそう思ったらしく、苦笑いを浮かべた。怒っているのではなく呆《あき》れているようだったので望海は言葉を続ける。

「結婚式場かレンタル会社とタイアップすればかなり盛り上がると思わない？　さくらちゃんハウスのセットで写真が撮れるのも面白いかもね」

「わかったわかった」

矢継ぎ早にアイディアを口にする望海に、夏樹はお手上げという顔で両手をあげた。

「奥様、さっそく異動先の仕事に意欲的なのはありがたいけど、俺たちはこれから永遠の愛を誓い合う厳粛な場に立っているわけだから、仕事の話はもう少しあとにしませんか？」

「ごめん。でも忘れちゃいそうだったんだもん」

「いい企画なら喜んで協力させてもらうけど、のんちゃんすぐに夢中になるからな～一応新婚だってこと忘れないでね」

「はーい」

結婚をするなら夏樹の秘書を辞める。これが望海の出した唯一の条件だった。

社内で夏樹の反体制力などほとんどいないことがわかったし、営業部長の柏木のようにアドバイスをしてくれるベテラン社員もいる。

せっかくいい関係が築けているのに身内の望海がそばにいては、公私混同と言われて、また柳瀬のようなことがあったとき、夏樹は望海に責任を取らせることを躊躇ってしまうだろう。

柳瀬はあの情報漏洩騒動のあと、当然だが懲戒解雇となった。もちろん退職金は支払われず、他社に転職する際に在籍証明の問い合わせがあった場合、彼のやったことがすべて共有されるので、大手に再就職することは不可能に近いだろう。

あの事件から一年が過ぎたが、トレジャートイを退社した柳瀬が今どこでなにをしているのか誰も知らなかった。

今回は望海の責任や進退を迫る社員はいなかったが、なにかあったときに夏樹に迷惑をかけないために異動を希望したところ、柳瀬のせいで空きが出た営業企画へ行くことになったのだった。

営業企画部の水は望海に合っていたようで、すでにいくつかの企画に関わっている。夏樹は望海が自分のそばから離れることに抵抗があったようだが、破談か異動の二択で迫って渋々頷かせることができた。

「皆様着席されました。間もなくご入場です」

ホテルのスタッフに声をかけられて、望海はハッとして夏樹と視線を交わす。急に緊張してきたなんて言ったら夏樹にからかわれそうだ。

「さ、準備はいい？」

夏樹が左腕を少し曲げて望海に差し出した。その仕草も王子様みたいでいつもより素敵に見えてしまいなんだか悔しい。

「うん。あ、夏樹感動して泣かないでよ？」

「そっちこそ、実は泣き虫のくせに」

「そんなことありません！」

夏樹の差し出した腕に乱暴に自分の腕を絡める。

「ほら、そういうところ、雑なんだよな」

夏樹は笑いながら望海の手の置く位置を調整した。ちょっとロマンチックさというか情緒が足りない気がするけれど、これが夏樹と自分らしくて好きだ。

扉の向こうでパイプオルガンの音が聞こえ始める。また気持ちが昂ぶってきて、望海は無意識に夏樹の腕を握る手に力が入ってしまう。

「のんちゃんはいつも通りでいいよ。ちゃんと俺がエスコートするから」

久しぶりにのんちゃんと呼ばれて笑みがこぼれる。次の瞬間扉が開いて、望海は笑顔を浮かべたまま夏樹のエスコートで新しい人生への一歩を踏み出した。

あとがき

いつも拙作をお手にとってくださる方、初めましての方もこんにちは！　水城《みずき》のあです。今更ですが、このあとがきの挨拶、いつもどういう書き出しにしようか迷い、結局無難な感じになるというね。他の作家さんのあとがきも読ませていただくんですが、あんな面白いこと書けない（笑）

さて今回も二ページいただいているので、少しだけ作品のお話をさせていただきますね。このお話の仮タイトルは〝秘書と野獣〟でした。語呂がいいからとりあえずつけただけで、本家某有名童話とは一切関係ありません（笑）

私自身が下町で生まれ育ったので、望海のようなヒロインがとても描きやすいのですが、最近は都内でも大手スーパーさんやショッピングモールが増え、私の地元も含め賑やかな商店街が少なくなってきているそうです。なので、望海のようなヒロイン像が想像されにくいのかな～と思うときもあるのですが、好きなので定期的に入れ込んでいく予定です！

そして今回のイラストレーター様はカトーナオ先生なのですが、先生！　夏樹が……色っぽすぎやしませんか？　望海のドレスが可愛すぎませんか⁉

お任せしますと丸投げだったのに、素敵な挿絵をありがとうございました！

担当様。今回は本当に本当にご迷惑をおかけしました（土下座）

おまえなんかもう信用しねーよ！　って感じだと思うのですが、今後ともよろしくお願いします。

最後になりましたが、読者の皆様。いつも手に取っていただきありがとうございます。今後も書き続けていけるように、応援よろしくお願いいたします！

水城のあ

完璧御曹司は秘書をイチャ甘溺愛したい

～草食系幼馴染みは絶倫でした⁉～

Vanilla文庫 Miel

2024年12月5日　第1刷発行　　定価はカバーに表示してあります

著　作　水城のあ　©NOA MIZUKI 2024
装　画　カトーナオ
発行人　鈴木幸辰
発行所　株式会社ハーパーコリンズ・ジャパン
東京都千代田区大手町1-5-1
電話　04-2951-2000（営業）
0570-008091（読者サービス係）

印刷・製本　中央精版印刷株式会社

Printed in Japan ©K.K.HarperCollins Japan 2024 ISBN978-4-596-72036-8